紅樓夢

校注

曹雪芹
高鶚

卷8

第一〇六回至第一二〇回

紅樓夢

編者序

人人出版公司推出《人人文庫》系列，第一套就是中國古典長篇章回小說《紅樓夢》。書內提及的書名，還有《情僧錄》、《風月寶鑑》、《金陵十二釵》，乾隆四十九年甲辰（一七八四年）夢覺主人序本題為《紅樓夢》（甲辰夢序抄本）。一七九一年在第一次活字印刷後（程甲本），《紅樓夢》便取代《石頭記》而成為通行的書名。本書前八十回以庚辰本為底本，後四十回以程甲本為底本。

《紅樓夢》原本共一百二十回，但後四十回失傳。紅學家周汝昌先生則認為《紅樓夢》原著共一〇八回，現存八十回，後二十八回迷失。現今學界普遍認為通行本前八十回為曹雪芹所作，後四十回不知為何人所作。但民間普遍認為為高鶚所作，另有一說為高鶚、程偉元二人合作著續。

關於作者曹雪芹，從其生卒年、字號到祖籍為何，已爭論數十年。曹雪芹姓曹名霑，字夢阮，號芹溪居士。但有的研究者認為他的字是「芹圃」，號雪芹。關於他的生卒年，一般認為約在一七一五年（康熙五十四年乙未）到一七六三年（乾隆二十八年癸未除夕）之間。

關於曹雪芹的籍貫，也有兩種說法，主要以祖籍遼陽，後遷瀋陽，上祖曹振彥原是明代駐守遼東的下級軍官，後隨清兵入關，歸入多爾袞屬下的滿洲正白旗，當了佐領。此後，曹振彥之媳，即曹璽之妻孫氏當了康熙的保母。曹璽曾任江寧織造，病故後由其子曹寅任蘇州織造、江寧織造、兩淮巡鹽御使等職，康熙並命纂刻《全唐詩》、《佩文韻府》等書於揚州。曹寅病故後，康熙特命其胞弟曹荃之子曹頫過繼給曹寅，並繼任織造之職，直至雍正五年，曹頫被抄家敗落，曹家在江南祖孫三代共歷六十餘年。

曹雪芹出生於南京，六歲時曹家抄沒後才全家遷回北京。據紅學家的考證，他後來落魄住到西郊，晚年窮困，《紅樓夢》前八十回在他去世前已傳抄行世，書的後半部分應已完成，不知何故未能問世，始終是個謎。

《紅樓夢》描寫宮廷與官場的黑暗，貴族與世家的腐朽，也讓讀者看見當時的科舉制度、婚姻制度。《紅樓夢》人物形象獨特鮮明，故事情節結構也有別於以往小說單線發展的傳統，創造出一個宏大完整的篇幅。《紅樓夢》的語言藝術成就，更攀向我國古典小說的高峰。

書中有關典章制度名物典故及難解之語詞，我們將盡力作成注釋。段落排法也有別於一般，期使讀者能輕鬆閱讀，輕鬆品味。

【目次】

紅樓夢

第一〇六回至第一二〇回

卷 8

第106回
王熙鳳致禍抱羞慚　賈太君禱天消禍患……2822
北靜王長史來報，所封家產，惟將賈赦的入官，餘俱給還。並傳旨令盡心供職。賈璉著革去職銜，免罪釋放……

第107回
散餘資賈母明大義　復世職政老沐天恩……2844
賈政被召入內廷，北靜王述道：「主上今從寬將賈赦發往台站效力贖罪。賈珍亦從寬革去世職，派往海疆效力贖罪。」……

第108回
強歡笑蘅蕪慶生辰　死纏綿瀟湘聞鬼哭……2866
賈母欲為寶釵過生日，酒過三巡，行令擲骰，回頭一看，寶玉不見了。原來寶玉一時傷心，進園閒逛，隱約聽得瀟湘館有哭聲……

第109回
候芳魂五兒承錯愛　還孽債迎女返真元……2892
五兒微微笑道：
「怨不得家家說你專在女孩兒身上用工夫，
你自己放著二奶奶和襲人姐姐都是仙人兒似的，
只愛和別人胡纏。」……

第110回
史太君壽終歸地府　王鳳姐力詘失人心……2926
賈母的牙關已經緊了，合了一回眼，
又睜著滿屋裡瞧了一瞧。
聽見賈母喉間略一響動，臉變笑容，竟是去了……

第111回
鴛鴦女殉主登太虛　狗彘奴欺天招夥盜……2952
賈母離世，最難過的是鴛鴦，
想到「自己跟著老太太一輩子，身子也沒有著落。
我是受不得這折磨的，倒不如死了乾淨。」……

第112回
活冤孽妙尼遭大劫　死讎仇趙妾赴冥曹……2980
妙雨打坐到五更，只聞見一股香氣，
便手足麻木不能動彈。只見一人拿著刀進來，
將她抱起背在身上，搭了軟梯，翻出院牆去了……

第113回
懺宿冤鳳姐托村嫗　釋舊憾情婢感痴郎……3008
劉姥姥看見鳳姐骨瘦如柴，神情恍惚，
心裡也悲慘起來。鳳姐要劉姥姥
將巧姐兒帶回屯裡，是托孤的意思了……

第114回
王熙鳳歷幻返金陵　甄應嘉蒙恩還玉闕……3034
鳳姐沒有住嘴說些胡話，要船要轎的，
說到金陵歸入冊子去。
鳳姐的哥哥王仁知妹子死了，趕過來哭了一場，
見諸事將就，心下便不舒坦……

第115回
惑偏私惜春矢素志　證同類寶玉失相知……3052
惜春一天一天的不吃飯，
只想絞頭髮出家修行去，一勸便要尋死，說：
「放我出了家，乾乾淨淨的一輩子，就是疼我了。」……

第116回
得通靈幻境悟仙緣　送慈柩故鄉全孝道……3078
寶玉的魂魄出了竅，趕到前廳，只見那送玉的和尚坐著，
便施了禮。那和尚拉著寶玉就走，
遠遠望見一座牌樓，好像曾到過的……

第117回

阻超凡佳人雙護玉　欣聚黨惡子獨承家……3104

寶玉要把玉還給和尚，襲人忙拉住他說：「這斷使不得的！那玉就是你的命，若是他拿去了，你又要病著了。」……

第118回

記微嫌舅兄欺弱女　驚謎語妻妾諫痴人……3132

寶釵勸道：「我勸你從此把心收一收，好好的用用功。但能博得一第，便是從此而止，也不枉天恩祖德了。」……

第119回

中鄉魁寶玉卻塵緣　沐皇恩賈家延世澤……3160

到了出場日期，只見賈蘭一人回來，眾人問他寶二叔呢？賈蘭哭道：「二叔丟了。」王夫人哭得斷腸，寶釵心裡已知八九……

第120回

甄士隱詳說太虛情　賈雨村歸結紅樓夢……3196

賈政從金陵扶柩返家途中，某日泊在一個清靜去處，抬頭忽見微微的雪影裡一個人，光著頭，赤著腳，身上披著一領大紅猩猩氈的斗篷……

◎第一〇六回◎

王熙鳳致禍抱羞慚
賈太君禱天消禍患

……話說賈政聞知賈母危急，即忙進去看視。見賈母驚嚇氣逆，王夫人、鴛鴦等喚醒回來，即用疏氣安神的丸藥服了，漸漸的好些，只是傷心落淚。

賈政在旁勸慰，總說：「是兒子們不肖，招了禍來，累老太太受驚。若老太太寬慰些，兒子們尚可在外料理；若是老太太有什麼不自在，兒子們的罪孽更重了。」

賈母道：「我活了八十多歲，自作女孩兒起，到你父親手裡，都托著祖宗的福，從沒有聽見過那些事。如今到老了，見你們倘或受罪，叫我心裡過得去麼？倒不如合上眼，隨你們去罷了。」說著，又哭。

……賈政此時著急異常，又聽外面說：「請老爺，內廷有信。」

賈政急忙出來，見是北靜王府長史[1]，一見面便說：「大喜！」

賈政謝了，請長史坐下，請問：「王爺有何諭旨？」

那長史道：「我們王爺同西平郡王進內覆奏，將大人的懼怕的心、感激天恩之話都代奏了。主上甚是憫恤，並念及貴妃溘逝[2]未久，不忍加罪，著加恩仍在工部員外上行走。所封家產，惟將賈赦的入官，餘俱給還。並傳旨令盡心供職。

「惟抄出借券，令我們王爺查核，如有違禁重利的，一概照例入官，其在定例生息的，同房地文書盡行給還。賈璉著革去職銜，免罪釋放。」

賈政聽畢，即起身叩謝天恩，又拜謝王爺恩典：「先請長史大人代為稟謝，明晨到闕[3]謝恩，並到府裡磕頭。」那長史去

1.長史—即長府官。

2.溘逝—忽然逝世。

3.闕（音確）—代指宮殿、朝廷。

了。少停，傳出旨來，承辦官遵旨一一查清，入官者入官，給還者給還，將賈璉放出，所有賈赦名下男婦人等造冊入官。

…可憐賈璉屋內東西，除將按例放出的文書發給外，其餘雖未盡入官的，早被查抄的人盡行搶去，所存者，只有傢伙物件。賈璉始則懼罪，後蒙釋放，已是大幸，及想起歷年積聚的東西，並鳳姐的體己[4]，不下七八萬金，一朝而盡，怎得不痛？且他父親現禁在錦衣府，鳳姐病在垂危，一時悲痛。

又見賈政含淚叫他，問道：「我因官事在身，不大理家，故叫你們夫婦總理家事。你父親所為，固難勸諫，那重利盤剝，究竟是誰幹的？況且非咱們這樣人家所為。如今入了官，在銀錢是不打緊的，這種聲名出去還了得嗎？」

4.體己——私下裡積蓄的財物。

……賈璉跪下，說道：「姪兒辦家事，並不敢存一點私心，所有出入的賬目，自有賴大、吳新登、戴良等登記，老爺只管叫他們來查問。現在這幾年，庫內的銀子出多入少，雖沒貼補在內，已在各處做了好些空頭，求老爺問太太就知道了。這些放出去的賬，連姪兒也不知道那裡的銀子，要問周瑞、旺兒才知道。」

賈政道：「據你說來，連你自己屋裡的事還不知道，那些家中上下的事更不知道了。我這回也不來查問你。現今你無事的人，你父親的事，和你珍大哥的事，還不快去打聽打聽！」

賈璉一心委曲，含著眼淚答應了出去。

……賈政嘆氣連連的想道：「我祖父勤勞王事，立下功勳，得了兩個世職，如今兩房犯事，都革去了。我瞧這些子姪沒一個長進的。老天啊，老天啊！我賈家何至一敗如此！

「我雖蒙聖恩格外垂慈，給還家產，那兩處食用自應歸並一處，叫我一人那裡支撐的住。方才璉兒所說，更加詫異，說不但庫上無銀，而且尚有虧空，這幾年竟是虛名在外。只恨我自己為什麼糊塗若此。

「倘或我珠兒在世，尚有膀臂；寶玉雖大，更是無用之物。」想到那裡，不覺淚滿衣襟。又想：「老太太偌大年紀，兒子們並沒有自能奉養一日，反累她嚇得死去活來。種種罪孽，叫我委之何人！」

……正在獨自悲切，只見家人稟報各親友進來看候。賈政一一道謝，說起：「家門不幸，是我不能管教子姪，所以至此。」有的說：「我久知令兄赦大老爺行事不妥，那邊珍哥更加驕縱。若說因官事錯誤，得個不是，於心無愧；如今自己鬧出的，倒帶累了二老爺。」

有的說：「人家鬧的也多，也沒見御史參奏。不是珍老大得罪朋友，何至如此！」

有的說：「也不怪御史，我們聽見說是府上的家人同幾個泥腿[5]，在外頭哄嚷出來的。御史恐參奏不實，所以誆了這裡的人去，才說出來的。我想府上待下人最寬的，為什麼還有這事？」

有的說：「大凡奴才們是一個養活不得的。今兒在這裡都是好親友，我才敢說。就是尊駕在外任，我保不得──你是不愛錢的，──那外頭的風聲也不好，都是奴才們鬧的，你該提防些。如今雖說沒有動你的家，倘或再遇著主上疑心起來，好些不便呢。」

……賈政聽說，心下著忙道：「眾位聽見我的風聲怎樣？」

眾人道：「我們雖沒聽見實據，只聞外面人說你在糧道任上怎

5. 泥腿──舊時多用於對農民的蔑稱。

麼叫門上家人要錢。」

賈政聽了，便說道：「我是對得天的，從不敢起這要錢的念頭。只是奴才在外招搖撞騙，鬧出事來，我就吃不住了。」

眾人道：「如今怕也無益，只好將現在的管家們都嚴嚴的查一查，若有抗主的奴才，查出來嚴嚴的辦一辦。」賈政聽了點頭。

……便見門上進來回稟說：「孫姑爺那邊打發人來說，自己有事不能來，著人來瞧瞧。說大老爺該他一種銀子，要在二老爺身上還的。」

賈政心內憂悶，只說：「知道了。」

眾人都冷笑道：「人說令親孫紹祖混帳，真有些。如今丈人抄了家，不但不來瞧看幫補照應，倒趕忙的來要銀子，真真不在理上。」

賈政道：「如今且不必說他。那頭親事原是家兄配錯的，我的姪女兒的罪已經受夠了，如今又招我來。」

……正說著，只見薛蝌進來說道：「我打聽錦衣府趙堂官必要照御史參的辦去，只怕大老爺和珍大爺吃不住。」眾人都道：「二老爺，還得是你出去求求王爺，怎麼挽回挽回才好，不然，這兩家就完了。」賈政答應致謝，眾人都散。

……那時天已點燈時候，賈政進去請賈母的安，見賈母略略好些。回到自己房中，埋怨賈璉夫婦不知好歹，如今鬧出放賬取利的事情，大家不好。方見鳳姐所為，心裡很不受用。鳳姐現在病重，知她所有什物盡被抄搶一光，心內鬱結，一時未便埋怨，暫且隱忍不言。一夜無話。

……次早，賈政進內謝恩，並到北靜王府、西平王府兩處叩謝，求兩位王爺照應他哥哥、姪兒。兩位應許。賈政又在同寅[6]相好處托情。

※……※……※

……且說賈璉打聽得父兄之事不很妥，無法可施，只得回到家中。平兒守著鳳姐哭泣，秋桐在耳房中抱怨鳳姐。賈璉走近旁邊，見鳳姐奄奄一息，就有多少怨言，一時也說不出來。平兒哭道：「如今事已如此，東西已去不能復來。奶奶這樣，還得再請個大夫調治調治才好。」

賈璉啐道：「我的性命還不保，我還管她麼？」

……鳳姐聽見，睜眼一瞧，雖不言語，那眼淚流個不盡。見賈璉出去，便與平兒道：「妳別不達事務了，到了這樣田地，妳

6.同寅——同僚；舊稱在一個部門當官的人。

還顧我做什麼？我巴不得今兒就死才好。只要妳能夠眼裡有我，我死之後，妳扶養大了巧姐兒，我在陰司裡也感激妳的。」

平兒聽了，放聲大哭。

鳳姐道：「妳也是聰明人。他們雖沒有來說我，他必抱怨我。雖說事是外頭鬧的，我若不貪財，如今也沒有我的事，不但是枉費心計，掙了一輩子的強，如今落在人後頭。我只恨用人不當，恍惚聽得那邊珍大爺的事，說是強占良民妻子為妾，不從逼死，有個姓張的在裡頭。妳想想還有誰？「若是這件事審出來，咱們二爺是脫不了的，我那時怎樣見人？我要即時就死，又耽不起吞金服毒的。妳倒還要請大夫，可不是妳為顧我，反倒害了我了麼？」

平兒愈聽愈慘，想來實在難處，恐鳳姐自尋短見，只得緊緊守著。

……幸賈母不知底細，因近日身子好些，又見賈政無事，寶玉、寶釵在旁，天天不離左右，略覺放心。素來最疼鳳姐，便叫鴛鴦：「將我體己東西拿些給鳳丫頭，再拿些銀錢交給平兒，好好的服侍好了鳳丫頭，我再慢慢的分派。」又命王夫人照看了邢夫人。

又加了寧國府第入官，所有財產房地等，並家奴等，俱造冊收盡，這裡賈母命人將車接了尤氏婆媳等過來。可憐赫赫寧府只剩得她們婆媳兩個並佩鳳、偕鸞二人，連一個下人沒有。賈母指出房子一所居住，就在惜春所住的間壁。又派了婆子四人、丫頭兩個服侍。一應飲食起居在大廚房內分送，衣裙什物又是賈母送去，零星需用亦在賬房內開銷，俱照榮府每人月例之數。

……那賈赦、賈珍、賈蓉在錦衣府使用，賬房內實在無項可支。

如今鳳姐一無所有，賈璉況又多債務滿身，賈政不知家務，只說已經托人，自有照應。

賈璉無計可施，想到那親戚裡頭，薛姨媽家已敗，王子騰已死，餘在親戚雖有，俱是不能照應，只得暗暗差人下屯將地畝暫賣了數千金，作為監中使費。

賈璉如此一行，那些家奴見主家勢敗，也便趁此弄鬼，並將東莊租稅也就指名借用些。此是後話，暫且不提。

※……※……※

……且說賈母見祖宗世職革去，現在子孫在監質審，邢夫人、尤氏等日夜啼哭，鳳姐病在垂危，雖有寶玉、寶釵在側，只可解勸，不能分憂，所以日夜不寧，思前想後，眼淚不乾。

一日傍晚，叫寶玉回去，自己扎掙坐起，叫鴛鴦等各處佛堂上香，又命自己院內焚起斗香，用拐拄著，出到院中。琥珀知是老太太拜佛，鋪下大紅短氈拜墊。賈母上香，跪下磕了好些頭，念了一回佛，含淚祝告天地道：「皇天菩薩在上，我賈門史氏，虔誠禱告，求菩薩慈悲。

「我賈門數世以來，不敢行凶霸道。我幫夫助子，雖不能為善，亦不敢作惡。必是後輩兒孫驕侈暴佚，暴殄天物，以致闔府抄檢。現在兒孫監禁，自然凶多吉少，皆由我一人罪孽，不教兒孫，所以至此。

「我今即求皇天保佑：在監逢凶化吉，有病的早早安身。總有合家罪孽，情願一人承當，只求饒恕兒孫。若皇天見憐，念我虔誠，早早賜我一死，寬免兒孫之罪。」默默說到此，不禁傷心，嗚嗚咽咽的哭泣起來。鴛鴦、珍珠一面解勸，一面扶進房去。

……只見王夫人帶了寶玉、寶釵過來請晚安，見賈母悲傷，三人也大哭起來。寶釵更有一層苦楚：想哥哥也在外監，將來要處決，不知可減緩否；翁姑雖然無事，眼見家業蕭條；寶玉依然瘋傻，毫無志氣。想到後來終身，更比賈母、王夫人哭得更痛。

……寶玉見寶釵如此大慟，他亦有一番悲戚，想的是：「老太太年老不得安，老爺、太太見此光景，不免悲傷。眾姊妹風流雲散，一日少似一日。追想在園中吟詩起社，何等熱鬧。自從林妹妹一死，我鬱悶到今，又有寶姐姐過來，未便時常悲切。見她憂兄思母，日夜難得笑容。」今見她悲哀欲絕，心裡更加不忍，竟嚎啕大哭。

鴛鴦、彩雲、鶯兒、襲人見他們如此，也各有所思，便也嗚咽起來。餘者丫頭們看得傷心，也便陪哭，竟無人解慰。滿屋中哭聲驚天動地，將外頭上夜婆子嚇慌，急報於賈政知道。

……那賈政正在書房納悶，聽見賈母的人來報，心中著忙，飛奔進內。遠遠聽得哭聲甚眾，打量老太太不好，急得魂魄俱喪，急忙進來，只見坐著悲啼，神魂方定。說是：「老太太傷心，你們該勸解，怎麼的齊打夥兒哭起來了？」眾人聽得賈政聲氣，急忙止哭，大家對面發怔。賈政上前安慰了老太太，又說了眾人幾句。各自心想道：「我們原恐老太太悲傷，故來勸解，怎麼忘情，大家痛哭起來？」

……正自不解，只見老婆子帶了史侯家的兩個女人進來，請了賈母的安，又向眾人請安畢，便說：「我們家老爺、太太、姑娘打發我來，說聽見府裡的事，原沒有什麼大事，不過一時受驚。恐怕老爺、太太煩惱，叫我們過來告訴一聲，說這裡二老爺是不怕的了。我們姑娘本要自己來的，因不多幾日就要出閣，所以不能來了。」

賈母聽了，即便道謝，說：「妳回去給我問好。這是我們的家運合該如此。承妳老爺、太太惦記，過一日再來奉謝。妳家姑娘出閣，想來妳們姑爺是不用說的了。他們的家計如何？」

兩個女人回道：「家計倒不怎麼著，只是姑爺長的很好，為人又和平。我們見過好幾次，看來與這裡寶二爺差不多，還聽得說，才情學問都好的。」

賈母聽了，喜歡道：「咱們都是南邊人，雖在這裡住久了，那些大規矩還是從南方禮兒，所以新姑爺我們都沒見過。我前兒還想起我娘家的人來，最疼的就是妳們家姑娘，一年三百六十天，在我跟前的日子倒有二百多天，混得這麼大了。

「我原想給她說個好女婿，又為她叔叔不在家，我又不便作主。她既造化配了個好姑爺，我也放心。月裡出閣，我原想過來吃杯喜酒的，不料我家鬧出這樣事來，我的心就像在熱鍋裡熬的似的，那裡能夠再到妳們家去？

「妳回去說我問好，我們這裡的人都說請安問好。妳替另告訴妳家姑娘，不要將我放在心裡。我是八十多歲的人了，就死也算不得沒福的了。只願她過了門，兩口子和順，百年到老，我便安心了。」說著，不覺掉下淚來。

那女人道：「老太太也不必傷心。姑娘過了門，等回了九，少不得同姑爺過來請老太太的安，那時老太太見了才喜歡呢。」賈母點頭。那女人出去。

……別人都不理論，只有寶玉聽了發了一回怔，心裡想道：「如今一天一天的都過不得了。為什麼人家養了女兒到大了必要出嫁？一出了嫁就改變。史妹妹這樣一個人，又被她叔叔硬壓著配人了，她將來見了我，必是又不理我了。我想一個人到了這個沒人理的份兒，還活著做什麼！」想到那裡，又是傷心。見賈母此時才安，又不敢哭泣，只是悶悶的。

……一時，賈政不放心，又進來瞧瞧老太太，見是好些，便出來傳了賴大，叫他將合府裡管事家人的花名冊子拿來，一齊點了一點。除去賈赦入官的人，尚有三十餘家，共男女二百十二名。

賈政叫現在府內當差的男人共二十一名進來，問起歷年居家用度，共有若干進來，該用若干出去。那管總的家人將近來支用簿子呈上。

賈政看時，所入不敷所出，又加連年宮裡花用，賬上有在外浮借的也不少。再查東省地租，近年所交不及祖上一半，如今用度比祖上更加十倍。

賈政不看則已，看了急得跺腳道：「這了不得！我打量雖是璉兒管事，在家自有把持，豈知好幾年頭裡，已就寅年用了卯年的，還是這樣裝好看，竟把世職俸祿當作不打緊的事情，為什麼不敗呢？我如今要就省儉起來，已是遲了。」想到那裡，背著手踱來踱去，竟無方法。

……眾人知賈政不知理家，也是白操心著急，便說道：「老爺也不用焦心，這是家家這樣的。若是統總算起來，連王爺家還不夠。不過是裝著門面，過到那裡就到那裡。如今老爺到底得了主上的恩典，才有這點子家產，若是一併入了官，老爺就不用過了不成？」

賈政嗔道：「放屁！你們這班奴才最沒有良心的，仗著主子好的時候任意開銷，到弄光了，走的走，跑的跑，還顧主子的死活嗎！如今你們道是沒有查封是好，那知道外頭的名聲。大本兒都保不住，還擱得住你們在外頭支架子，說大話，誆人騙人？到鬧出事來，往主子身上一推就完了。

「如今大老爺與珍大爺的事，說是咱們家人鮑二在外傳播的，我看這人口冊上並沒有鮑二，這是怎麼說？」

眾人回道：「這鮑二是不在冊檔上的。先前在寧府冊上，為二爺見他老實，把他們兩口子叫過來了。及至他女人死了，他又回寧府去。後來老爺衙門有事，老太太、太太們和爺們往陵上去，珍大爺替理家事帶過來的，以後也就去了。

「老爺數年不管家事，哪裡知道這些事來？老爺打量冊上沒有名字的就只有這個人，不知一個人手下親戚們也有，奴才還有奴才呢！」

賈政道：「這還了得！」想去一時不能清理，只得喝退眾人，早打了主意在心裡了，且聽賈赦等事審得怎樣再定。

……一日正在書房籌算，只見一人飛奔進來說：「請老爺快進內廷問話。」

賈政聽了心下著忙，只得進去。未知凶吉，下回分解。

◎第一〇七回◎

散餘資賈母明大義
復世職政老沐天恩

……話說賈政進內，見了樞密院各位大人，又見了各位王爺。北靜王道：「今日我們傳你來，有遵旨問你的事。」賈政即忙跪下。

眾大人便問道：「你哥哥交通外官，恃強凌弱，縱兒聚賭，強占良民妻女不遂逼死的事，你都知道麼？」

賈政回道：「犯官自從主恩欽點學政，任滿後查看賑恤，於上年冬底回家，又蒙堂派工程，後又往江西監道；題參回都，仍在工部行走，日夜不敢怠惰。一應家務，並未留心伺察，實在糊塗。不能管教子姪，這就是辜負聖恩。只求主上重重治罪。」北靜王據說轉奏。

……不多時，傳出旨來，北靜王便述道：「主上因御史參奏賈赦交通外官，恃強凌弱。據該御史指出，平安州互相往來，賈赦包攬詞訟。嚴鞫[1]賈赦，據供平安州原係姻親來往，並未干涉官事。該御史亦不能指實。惟有倚勢強索石呆子古扇一款是實的，然係玩物，究非強索良民之物可比。雖石呆子自盡，亦係瘋傻所致，與逼勒致死者有間。今從寬將賈赦發往臺站[2]效力贖罪。

「所參賈珍強占良民妻女為妾、不從逼死一款，提取都察院原案，看得尤二姐實係張華指腹為婚、未娶之妻，因伊貧苦自願退婚，尤二姐之母願給賈珍之弟為妾，並非強占。再，尤三姐自刎掩埋並未報官一款，查尤三姐原係賈珍妻妹，本意為伊擇配，因被逼索定禮，眾人揚言穢亂，以致羞忿自盡，並非賈珍逼勒致死。但身係世襲職員，罔知法紀，私埋人命，本應重治；念伊究屬功臣後裔，不忍加罪，亦從寬革去

1. 鞫（音居）——審問犯人。

2. 臺站——清代設置在邊遠地區的報告軍情、傳遞公文、押送犯人之驛站。

世職，派往海疆效力贖罪。賈蓉年幼無干省釋[3]。

「賈政實係在外任多年，居官尚屬勤慎，免治伊治家不正之罪。」賈政聽了，感激涕零，叩首不及，又叩求王爺代奏下忱。

北靜王道：「你該叩謝天恩，更有何奏？」

賈政道：「犯官仰蒙聖恩，不加大罪，又蒙將家產給還，實在捫心惶愧，願將祖宗遺受重祿，積餘置產，一並交官。」

北靜王道：「主上仁慈待下，明慎用刑，賞罰無差。如今既蒙莫大深恩，給還財產，你又何必多此一奏？」眾官也說不必。賈政便謝了恩，叩謝了王爺出來。恐賈母不放心，急忙趕回。

…上下男女人等不知傳進賈政是何吉凶，都在外頭打聽，一見賈政回家，都略略的放心，也不敢問。

3. 省釋——釋放。

只見賈政忙忙的走到賈母跟前，將蒙聖恩寬免的事，細細告訴了一遍。賈母雖則放心，只是兩個世職革去，賈赦又往臺站效力，賈珍又往海疆，不免又悲傷起來。邢夫人、尤氏聽見那話，更哭起來。

賈政便道：「老太太放心。大哥雖則臺站效力，也是為國家辦事，不致受苦，只要辦得妥當，就可復職。珍兒正是年輕，很該出力。若不是這樣，便是祖父的餘德，亦不能久享。」說了些寬慰的話。賈母素來本不大喜歡賈赦，那邊東府賈珍究竟隔了一層。只有邢夫人、尤氏痛哭不已。

……邢夫人想著：「家產一空，丈夫年老遠出，膝下雖有璉兒，又是素來順他二叔的，如今是都靠著二叔，他兩口子更是順著那邊去了。獨我一人孤苦伶仃，怎麼好？」

那尤氏本來獨掌寧府的家計，除了賈珍，也算是惟她為尊，又與賈珍夫婦相和。如今犯事遠出，家財抄盡，依往榮府，雖則老太太疼愛，終是依人門下。又帶了偕鸞、佩鳳，蓉兒夫婦又是不能興家立業的人。

又想著：「二妹妹、三妹妹俱是璉二叔鬧的，如今她們倒安然無事，依舊夫婦完聚。只留我們幾人，怎生度日？」想到這裡，痛哭起來。

賈母不忍，便問賈政道：「你大哥和珍兒現已定案，可能回家？蓉兒既沒他的事，也該放出來了。」

賈政道：「若在定例，大哥是不能回家的。我已托人徇個私情，叫我們大老爺同姪兒回家，好置辦行裝，衙門內業已應了。想來蓉兒同著他爺爺、父親一起出來。只請老太太放心，兒子辦去。」

賈母又道：「我這幾年老的不成人了，總沒有問過家事。如今東府是全抄去了，房屋入官不消說的；你大哥那邊，璉兒那裡，也都抄去了。咱們西府銀庫，東省地土，你知道到底還剩了多少？他兩個起身，也得給他們幾千銀子才好。」

賈政正是沒法，聽見賈母一問，心想著：「若是說明，又恐老太太著急；若不說明，不用說將來，現在怎樣辦法？」定了主意，便回道：「若老太太不問，兒子也不敢說。如今老太太既問到這裡，現在璉兒也在這裡，昨日兒子已查了，舊庫的銀子早已虛空，不但用盡，外頭還有虧空。現今大哥這件事，若不花銀托人，雖說主上寬恩，只怕他們爺兒兩個也不大好，就是這項銀子尚無打算。

「東省的地畝，早已寅年吃了卯年的租兒了，一時也算不轉來，只好盡所有的、蒙聖恩沒有動的衣服、首飾折變了，給大哥、珍兒作盤費罷了。過日的事只可再打算。」

……賈母聽了，又急得眼淚直淌，說道：「怎麼著，咱們家到了這樣田地了麼？我雖沒有經過，我想起我家向日比這裡還強十倍，也是擺了幾年虛架子，沒有出這樣事，已經塌下來了，不消一二年就完了。據你說起來，咱們竟一兩年就不能支了。」

賈政道：「若是這兩個世俸不動，外頭還有些挪移。如今無可指稱，誰肯接濟？」說著，也淚流滿面：「想起親戚來，用過我們的，如今都窮了，沒有用過我們的，又不肯照應了。昨日兒子也沒有細查，只看家下的人丁冊子，別說上頭的錢一無所出，那底下的人也養不起許多。」

……賈母正在憂慮，只見賈赦、賈珍、賈蓉一齊進來給賈母請安。賈母看這般光景，一隻手拉著賈赦，一隻手拉著賈珍，便大哭起來。他兩人臉上羞慚，又見賈母哭泣，都跪在地下哭著說道：「兒孫們不長進，將祖上功勳丟了，又累老太太傷心，兒孫們是死無葬身之地的了！」滿屋中人看這光景，又一齊大哭起來。

……賈政只得勸解：「倒先要打算他兩個的使用。大約在家只可住得一兩日，遲則人家就不依了。」

老太太含悲忍淚的說道：「你兩個且各自同你們媳婦們說說話兒去罷。」

又吩咐賈政道：「這件事是不能久待的，想來外面挪移恐不中用，那時誤了欽限[4]怎麼好？只好我替你們打算罷了。就是家中如此亂糟糟的，也不是常法兒。」一面說著，便叫鴛鴦吩咐去了。

……這裡，賈赦等出來，又與賈政哭泣了一會，都不免將從前任

4.欽限——皇帝親定的期限。

性、過後惱悔、如今分離的話說了一會，各自同媳婦那邊悲傷去了。賈赦年老，倒也抛的下；獨有賈珍與尤氏怎忍分離！賈璉、賈蓉兩個也只有拉著父親啼哭。雖說是比軍流減等，究竟生離死別。這也是事到如此，只得大家硬著心腸過去。

卻說賈母叫邢、王二夫人同了鴛鴦等，開箱倒籠，將做媳婦到如今積攢的東西都拿出來，又叫賈赦、賈政、賈珍等，一一的分派說：「這裡現有的銀子，交賈赦三千兩。你拿二千兩去做你的盤費使用，留一千，給大太太另用。這三千給珍兒，你只許拿一千去，留下二千，交你媳婦過日子。仍舊各自度日，房子是在一處，飯食各自吃罷。

「四丫頭將來的親事，還是我的事。只可憐鳳丫頭操心了一輩子，如今弄得精光，也給她三千兩，叫她自己收著，不許叫璉兒用。如今她還病得神昏氣喪，叫平兒來拿去。

「這是你祖父留下來的衣服，還有我少年穿的衣服首飾，如今我用不著。男的呢，叫大老爺、珍兒、璉兒、蓉兒拿去分了；女的呢，叫大太太、珍兒媳婦、鳳丫頭拿了分去。這五百兩銀子交給璉兒，明年將林丫頭的棺材送回南去。」分派定了，又叫賈政道：「你說現在還該著人的使用，這是少不得的，你叫拿這金子變賣償還。這是他們鬧掉了我的，你也是我的兒子，我並不偏向。寶玉已經成了家，我剩下這些金銀等物，大約還值幾千兩銀子，這是都給寶玉的了。珠兒媳婦向來孝順我，蘭兒也好，我也分給他們些。這便是我的事情完了。」

⋯⋯賈政見母親如此明斷分晰，俱跪下哭著說：「老太太這麼大年紀，兒孫們沒點孝順，承受老祖宗這樣恩典，叫兒孫們更無地自容了！」

賈母道：「別瞎說，若不鬧出這個亂兒，我還收著呢。只是現在家人過多，只有二老爺是當差的，留幾個人就夠了。你就吩咐管事的，將人叫齊了，分派妥當。各家有人便就罷了，譬如那時都抄了，怎麼樣呢？我們裡頭的，也要叫人分派，該配人的配人，賞去的賞去。

「如今雖說咱們這房子不入官，你到底把這園子交了才好。那些田地，原交璉兒清理，該賣的賣，該留的留，斷不要支架子，做空頭。我索性說了罷，江南甄家還有幾兩銀子，大太太那裡收著，該叫人就送去罷。倘或再有點事出來，可不是他們躲過了風暴，又遇了雨了麼！」

賈政本是不知當家立計的人，一聽賈母的話，一一領命，心想：「老太太實在真真是理家的人，都是我們這些不長進的鬧壞了。」

……賈政見賈母勞乏，求著老太太歇歇養神。賈母又道：「我所剩的東西也有限，等我死了，做結果我的使用。餘的都給我服侍的丫頭。」

賈政等聽到這裡，更加傷感，大家跪下說：「請老太太寬懷，只願兒子們托老太太的福，過了些時都邀了恩眷，那時兢兢業業的治起家來，以贖前愆[5]，奉養老太太到一百歲的時候。」

……賈母道：「但願這樣才好，我死了也好見祖宗。你們別打量我是享得富貴，受不得貧窮的人哪，不過這幾年看看你們轟轟烈烈，我落得都不管，說說笑笑養身子罷了。那知道家運一敗直到這樣。

「若說外頭好看，裡頭空虛，是我早知道的了。只是『居移氣，養移體』，一時下不得臺來。如今借此正好收斂，守住這

5. 愆（音牽）——過失，罪過。

個門頭，不然叫人笑話你。

「你還不知，只打量我知道窮了，便著急的要死。我心裡是想著祖宗莫大的功勳，無一日不指望你們比祖宗還強，能夠守住也就罷了。誰知他們爺兒兩個做些什麼勾當！」

……賈母正自長篇大論的說，只見豐兒慌慌張張的跑來回王夫人道：「今早我們奶奶聽見外頭的事，哭了一場，如今氣都接不上來。平兒叫我來回太太。」

豐兒沒有說完，賈母聽見，便問：「到底怎麼樣？」

王夫人便代回道：「如今說是不大好。」

賈母起身道：「噯，這些冤家竟要磨死我了！」說著，叫人扶著，要親自看去。

賈政即忙攔住，勸道：「老太太傷了好一回的心，又分派了好些事，這會該歇歇。便是孫子媳婦有什麼事，該叫媳婦瞧去就是了，何必老太太親身過去呢？倘或再傷感起來，老太太身上要有一點兒不好，叫做兒子的怎麼處呢？」

賈母道：「你們各自出去，等一會子再進來，我還有話說。」

賈政不敢多言，只得出來料理兄、姪起身的事，又叫賈璉挑人跟去。

這裡賈母才叫鴛鴦等派人拿了給鳳姐的東西，跟著過來。鳳姐正在氣厥[6]。平兒哭得眼紅，聽見賈母帶著王夫人，寶玉、寶釵過來，疾忙出來迎接。

賈母便問：「這會子怎麼樣了？」

平兒恐驚了賈母，便說：「這會子好些。老太太既來了，請進去瞧瞧。」她先跑進去，輕輕的揭開帳子。

鳳姐開眼瞧著，只見賈母進來，滿心慚愧。先前原打算賈母等惱她，不疼的了，是死活由她的，不料賈母親自來瞧，心裡

6. 氣厥——中氣衰竭。

一寬，覺那壅塞的氣略鬆動些，便要扎掙坐起。

……賈母叫平兒按著：「不要動，妳好些麼？」

鳳姐含淚道：「我從小兒過來，老太太、太太怎麼樣疼我。那知我福氣薄，叫神鬼支使的失魂落魄，不但不能夠在老太太跟前盡點孝心，公婆前討個好，還是這樣把我當人，叫我幫著料理家務，被我鬧的七顛八倒，我還有什麼臉兒見老太太，太太呢！今日老太太、太太親自過來，我更當不起了，恐怕該活三天的又折上了兩天去了。」說著，悲咽。

賈母道：「那些事原是外頭鬧起來的，與妳什麼相干？就是妳的東西被人拿去，這也算不了什麼呀！我帶了好些東西給妳，任你自便。」說著，叫人拿上來給她瞧瞧。

……鳳姐本是貪得無厭的人，如今被抄盡淨，本是愁苦，又恐人埋怨，正是幾不欲生的時候。

今兒賈母仍舊疼她，王夫人也沒嗔怪，過來安慰她，又想賈璉無事，心下安放好些，便在枕上與賈母磕頭，說道：「請老太太放心。若是我的病托著老太太的福好了些，我情願自己當個粗使丫頭，盡心竭力的服侍老太太、太太罷。」賈母聽她說得傷心，不免掉下淚來。

……寶玉是從來沒有經過這大風浪的，心下只知安樂、不知憂患的人，如今碰來碰去都是哭泣的事，所以他竟比傻子尤甚，見人哭他就哭。

鳳姐看見眾人憂悶，反倒勉強說幾句寬慰賈母的話，求著：「請老太太、太太回去，我略好些，過來磕頭。」說著，將頭仰起。

賈母叫平兒：「好生服侍，短什麼，到我那裡要去。」說著，帶了王夫人將要回到自己房中。只聽見兩三處哭聲。賈母實在不忍聞見，便叫王夫人散去，叫寶玉：「去見你大爺、大哥，送一送就回來。」自己躺在榻上下淚。幸喜鴛鴦等能用百樣言語勸解，賈母暫且安歇。

……不言賈赦等分離悲痛。那些跟去的人，誰是願意的？不免心中抱怨，叫苦連天。正是生離果勝死別，看者比受者更加傷心。好好的一個榮國府，鬧到人嚎鬼哭。

賈政最循規矩，在倫常上也講究的，執手分別後，自己先騎馬趕至城外，舉酒送行，又叮嚀了好些國家軫恤[7]勛臣，力圖報稱[8]的話。賈赦等揮淚分頭而別。

……賈政帶了寶玉回家，未及進門，只見門上有好些人在那裡亂嚷，說：「今日旨意，將榮國公世職著賈政承襲。」那些人

7. **軫恤**——深切顧念和憐憫。

8. **報稱**——猶報答。

在那裡要喜錢，門上人和他們分爭，說：「是本來的世職，我們本家襲了，有什麼喜報？」那些人說道：「那世職的榮耀，比任什麼還難得。你們大老爺鬧掉了，想要這個，再不能的了。如今的聖人在位，赦過宥罪，還賞給二老爺襲了。這是千載難逢的，怎麼不給喜錢？」

……正鬧著，賈政回家，門上回了，雖則喜歡，究竟是哥哥犯事所致，反覺感極涕零，趕著進內告訴賈母。王夫人正恐賈母傷心，過來安慰，聽得世職復還，自是歡喜。又見賈政進來，賈母拉了說些勤黽[9]報恩的話。獨有邢夫人、尤氏心下悲苦，只不好露出來。

……且說外面這些趨炎奉勢的親戚朋友，先前賈宅有事，都遠避

9.勤黽——勤勉。

不來；今兒賈政襲職，知聖眷尚好，大家都來賀喜。那知賈政純厚性成，因他襲哥哥的職，心內反生煩惱，只知感激天恩。於第二日進內謝恩，到底將賞還府第園子備摺奏請入官。內廷降旨不必，賈政才得放心。回家以後，循分供職。

……但是家計蕭條，入不敷出。賈政又不能在外應酬。家人們見賈政忠厚，鳳姐抱病不能理家，賈璉的虧缺一日重似一日，難免典房賣地。府內家人幾個有錢的，怕賈璉纏擾，都裝窮躲事，甚至告假不來，各自另尋門路。

獨有一個包勇，雖是新投到此，恰遇榮府壞事，他倒有些真心辦事，見那些人欺瞞主子，便時常不忿。奈他是個新來乍到的人，一句話也插不上，他便生氣，每天吃了就睡。

眾人嫌他不肯隨和，便在賈政前說他終日貪杯生事，並不當差。賈政道：「隨他去罷。原是甄府薦來，不好意思。橫豎家內添這一人吃飯，雖說是窮，也不在他一人身上。」並不叫來驅逐。眾人又在賈璉跟前說他怎樣不好，賈璉此時也不敢自作威福，只得由他。

……忽一日，包勇耐不過，吃了幾杯酒，在榮府街上閒逛，見有兩個人說話。那人說道：「你瞧，這麼個大府，前兒抄了家，不知如今怎麼樣了？」

那人道：「他家怎麼能敗？聽見說，裡頭有位娘娘，是他家的姑娘，雖是死了，到底有根基的。況且我常見他們來往的都是王公侯伯，那裡沒有照應？便是現在的府尹，前任的兵部，是他們的一家。難道有這些人還護庇不來麼？」

那人道：「你白住在這裡！別人猶可，獨是那個賈大人更了不得！我常見他在兩府來往，前兒御史雖參了，主子還叫府尹查明實迹再辦。你道他怎麼樣？他本沾過兩府的好處，怕人說他回護一家，他便狠狠的踢了一腳，所以兩府裡才到底抄了。你道如今的世情還了得嗎！」

……兩人無心說閒話，豈知旁邊有人跟著聽的明白。包勇心下暗想：「天下有這樣負恩的人！但不知是我老爺的什麼人。我若見了他，便打他一個死，鬧出事來，我承當去。」那包勇正在酒後胡思亂想，忽聽那邊喝道而來。包勇遠遠站著。只見那兩人輕輕的說道：「這來的就是那個賈大人了。」包勇聽了，心裡懷恨，趁了酒興，便大聲的道：「沒良心的男女！怎麼忘了我們賈家的恩了。」雨村在轎內，聽得一個「賈」字，便留神觀看，見是一個醉漢，便不理會，過去了。那包勇醉著，不知好歹，便得意洋洋回到府中，問起同伴，知是方才見的那位大人是這府裡提拔起來的：「他不念舊恩，反來踢弄咱們家裡，見了他罵他幾句，他竟不敢答言。」

…那榮府的人本嫌包勇，只是主人不計較他，如今他又在外闖禍，不得不回，趁賈政無事，便將包勇喝酒鬧事的話回了。賈政此時正怕風波，聽得家人回稟，便一時生氣，叫進包勇罵了幾句，便派去看園，不許他在外行走。

…那包勇本是直爽的脾氣，投了主子，他便赤心護主，豈知賈政反倒責罵他。他也不敢再辯，只得收拾行李，往園中看守澆灌去了。

…未知後事如何，下回分解。

◎第一〇八回◎

強歡笑蘅蕪慶生辰
死纏綿瀟湘聞鬼哭

…卻說賈政先前曾將房產並大觀園奏請入官，內廷不收，又無人居住，只好封鎖。因園子接連尤氏、惜春住宅，太覺曠闊無人，遂將包勇罰看荒園。

…此時賈政奉了賈母之命，將人口漸次減少，諸凡省儉，尚且不能支持。幸喜鳳姐是賈母心愛的人，王夫人等雖不大喜歡，若說治家辦事，尚能出力，所以內事仍交鳳姐辦理。但被抄以後，諸事運用不來，也是每形拮据。那些房頭上下人等原是寬裕慣的，如今較往日，十去其七，怎能周到，不免怨言不絕。鳳姐也不敢推辭，扶病承歡賈母。

…過了些時，賈赦賈珍各到當差地方，恃有用度，暫且自安。寫書回家，都言安逸，家中不必掛念。於是賈母放心，刑夫人、尤氏也略略寬懷。

…一日，史湘雲出嫁回門，來賈母這邊請安。賈母提起她女婿甚好，史湘雲也將那裡過日平安的話說了，請老太太放心。又提起黛玉去世，不免大家落淚。賈母又想起迎春苦楚，越覺悲傷起來。

史湘雲解勸一回，又到各家請安問好畢，仍到賈母房中安歇。言及「薛家這樣人家，被薛大哥鬧的家破人亡，今年雖是緩決人犯，明年不知可能減等？」

……賈母道：「妳還不知道呢，昨日蟠兒媳婦死的不明白，幾乎又鬧出一場大事來。還幸虧老佛爺有眼，叫她帶來的丫頭自己供出來了，那夏奶奶才沒的鬧了，自家攔住相驗，妳姨媽這裡才將皮裏肉的[1]打發出去了。

「妳說說，真真是六親同運。薛家是這樣了，姨太太守著薛蝌過日，為這孩子有良心，他說哥哥在監裡尚未結局，不肯娶親。妳邢妹妹在大太太那邊，也就很苦。琴姑娘為她公公死了尚未滿服，梅家尚未娶去。二太太的娘家舅太爺一死，鳳丫頭的哥哥也不成人，那二舅太爺也是個小氣的，又是官項不清，也是打饑荒。甄家自從抄家以後，別無信息。」

……湘雲道：「三姐姐去了，曾有書字回家麼？」

賈母道：「自從嫁了去，二老爺回來說，妳三姐姐在海疆甚好。只是沒有書信，我也日夜惦記。為著我們家連連的出些

1. 將皮裏肉的——喻僅夠對付，剛剛好。

不好事，所以我也顧不來。如今四丫頭也沒有給她提親。環兒呢，誰有功夫提起他來？

「如今我們家的日子比妳從前在這裡的時侯更苦些。只可憐妳寶姐姐，自過了門，沒過一天安逸日子。妳二哥哥還是這樣瘋瘋顛顛，這怎麼處呢？」

……湘雲道：「我從小兒在這裡長大的，這裡那些人的脾氣，我都知道的。這一回來了，竟都改了樣子了。我打量我隔了好些時沒來，她們生疏我。我細想起來，竟不是的。就是見了，我瞧她們的意思，原要像先前一樣的熱鬧，不知道怎麼，說說就傷心起來了。我所以坐坐就到老太太這裡來了。」

賈母道：「如今這樣日子，在我也罷了；妳們年輕輕兒的人，還了得！我正要想個法兒叫他們還熱鬧一天才好，只是打不起這個精神來。」

……湘雲道：「我想起來了，寶姐姐不是後兒的生日嗎？我多住一天，給她拜過壽，大家熱鬧一天。不知老太太怎麼樣？」

賈母道：「我真正氣糊塗了。妳不提，我竟忘了，後日可不是她的生日？我明日拿出錢來，給她辦個生日。她沒有定親的時侯，倒做過好幾次，如今她過了門，倒沒有做。

「寶玉這孩子，頭裡很伶俐，很淘氣，如今為著家裡的事不好，把這孩子越發弄的話都沒有了。倒是珠兒媳婦還好，她有的時侯是這麼著，沒的時侯她也是這麼著，帶著蘭兒靜靜兒的過日子，倒難為她。」

……湘雲道：「別人還不離，獨有璉二嫂子，連模樣兒都改了，說話也不伶俐了。明日等我來引逗她們，看她們怎麼樣。但是她們嘴裡不說，心裡要抱怨我，說我有了——」湘雲說到那裡，卻把臉飛紅了。

賈母會意，道：「這怕什麼？原來姊妹們都是在一處樂慣了的，說說笑笑，再別留這些心。大凡一個人，有也罷，沒也罷，總要受得富貴、耐得貧賤才好。

「妳寶姐姐生來是個大方的人。頭裡她家這樣好，她也一點兒不驕傲，後來她家壞了事，她也是舒舒坦坦的。如今在我家裡，寶玉待她好，她也是那樣安頓；一時待她不好，不見她有什麼煩惱。我看這孩子倒是個有福氣的。

「妳林姐姐，那是個最小性兒，又多心的，所以到底不長命。鳳丫頭也見過些事，很不該略見些風波就改了樣子。她若這樣沒見識，也就是小器了。後兒寶丫頭的生日，我替另拿出銀子來，熱熱鬧鬧給她做個生日，也叫她喜歡這一天。」

……湘雲答應道：「老太太說得很是。索性把那些姊妹們都請來了，大家敍一敍。」

賈母道：「自然要請的。」

一時高興道：「叫鴛鴦拿出一百銀子來，交給外頭，叫她明日起，預備兩天的酒飯。」鴛鴦領命，叫婆子交了出去。一宿無話。次日，傳話出去，打發人去接迎春；又請了薛姨媽、寶琴，叫帶了香菱來；又請李嬸娘。不多半日，李紋、李綺都來了。

……寶釵本沒有知道，聽見老太太的丫頭來請，說：「薛姨太太來了，請二奶奶過去呢。」

寶釵心裡喜歡，便是隨身衣服過去，要見她母親。只見她妹子寶琴並香菱都在這裡，又見李嬸娘等人也都來了。心想：「那些人必是知道我們家的事情完了，所以來問候的。」便去問了李嬸娘好，見了賈母，然後與她母親說了幾句話，便與李家姊妹們問好。

湘雲在旁說道：「太太們請都坐下，讓我們姊妹們給姐姐拜壽。」

寶釵聽了，倒呆了一呆，回來一想：「可不是明日是我的生日嗎？」便說：「妹妹們過來瞧老太太是該的，若說為我的生日，是斷斷不敢的。」

正推讓著，寶玉也來請薛姨媽、李嬸娘的安。聽見寶釵自己推讓，他心裡本早打算過寶釵生日，因家中鬧得七顛八倒，也不敢在賈母處提起。今見湘雲等眾人要拜壽，便喜歡道：「明日才是生日，我正要告訴老太太來。」

……湘雲笑道：「扯臊[2]！老太太還等你告訴？你打量這些人為什麼來，是老太太請的。」寶釵聽了，心下未信。

只聽賈母合她母親道：「可憐寶丫頭做了一年新媳婦，家裡接二連三的有事，總沒有給她做過生日。今日我給她做個生

2. 扯臊——胡說，胡扯。

日，請姨太太、太太們來，大家說說話兒。」

薛姨媽道：「老太太這些時心裡才安，她小人兒家還沒有孝敬

老太太，倒要老太太操心。」

湘雲道：「老太太最疼的孫子是二哥哥，難道二嫂子就不疼了

麼？況且寶姐姐也配老太太給她做生日。」寶釵低頭不語。

…寶玉心裡想道：「我只說史妹妹出了閣是換了一個人了，我

所以不敢親近她，她也不來理我。如今聽她的話，原是和先

前一樣的。為什麼我們那個過了門，更覺得靦腆了，話都說

不出來了呢？」

正想著，小丫頭進來說：「二姑奶奶回來了。」隨後李紈、鳳

姐都進來，大家廝見一番。

…迎春提起她父親出門，說：「本要趕來見見，只是他攔著不

許來，說是咱們家正是晦氣時候，不要沾染在身上。我扭不過，沒有來，直哭了兩三天。」

鳳姐道：「今兒為什麼肯放妳回來？」

迎春道：「他又說咱們家二老爺又襲了職，還可以走走，不妨事的，所以才放我來。」說著，又哭起來。

賈母道：「我原為氣得慌，今日接妳們來給孫子媳婦過生日，說說笑笑，解個悶兒，妳們又提起這些煩事來，又招起我的煩惱來了。」迎春等都不敢作聲了。

……鳳姐雖勉強說了幾句有興的話，終不似先前爽利，招人發笑。賈母心裡要寶釵喜歡，故意的慪鳳姐兒說話。鳳姐也知賈母之意，便竭力張羅，說道：「今兒老太太喜歡些了。妳看這些人好幾時沒有聚在一處，今兒齊全。」說著，回過頭去，看見婆婆、尤氏不在這裡，又縮住了口。

賈母為著「齊全」兩字，也想邢夫人等，叫人請去。邢夫人、尤氏、惜春等聽見老太太叫，不敢不來，心內也十分不願意，想著家業零敗，偏又高興給寶釵做生日，到底老太太偏心，便來了也是無精打彩的。賈母問起岫煙來，邢夫人假說病著不來。賈母會意，知薛姨媽在這裡有些不便，也不提了。

……一時，擺下果酒。賈母說：「也不送到外頭，今日只許咱們娘兒們樂一樂。」

寶玉雖然娶過親的人，因賈母疼愛，仍在裡頭打混，但不與湘雲、寶琴等同席，便在賈母身旁設著一個坐兒，他代寶釵輪流敬酒。

賈母道：「如今且坐下，大家喝酒，到挨晚兒再到各處行禮去。若如今行起來了，大家又鬧規矩，把我的興頭打回去，就沒趣了。」寶釵便依言坐下。

……賈母又叫人來道：「咱們今兒索性灑脫些，各留一兩個人伺候。我叫鴛鴦帶了彩雲、鶯兒、襲人、平兒等在後間去，也喝一鍾酒。」

鴛鴦等說：「我們還沒有給二奶奶磕頭，怎麼就好喝酒去呢？」

賈母道：「我說了，妳們只管去，用的著妳們再來。」鴛鴦等去了。

……這裡賈母才讓薛姨媽等喝酒，見她們都不是往常的樣子，賈母著急道：「妳們到底是怎麼著？大家高興些才好。」

湘雲道：「我們又吃又喝，還要怎樣！」

鳳姐道：「她們小的時候兒都高興，如今都礙著臉不敢混說，所以老太太瞧著冷淨了。」

……寶玉輕輕的告訴賈母道：「話是沒有什麼說的，再說就說到不好的上頭來了。不如老太太出個主意，叫她們行個令兒罷。」

賈母側著耳朵聽了，笑道：「若是行令，又得叫鴛鴦去。」

寶玉聽了，不待再說，就出席到後間去找鴛鴦，說：「老太太要行令，叫姐姐去呢。」

鴛鴦道：「小爺，讓我們舒舒服服的喝一杯罷，何苦來，又來攪什麼。」

寶玉道：「當真老太太說的，叫妳去呢。與我什麼相干？」

鴛鴦沒法，說道：「妳們只管喝，我去了就來。」便到賈母那邊。

……老太太道：「妳來了，不是要行令嗎？」

鴛鴦道：「聽見寶二爺說老太太叫我，敢不來嗎？不知老太太要行什麼令兒？」賈母道：「那文的怪悶的慌，武的又不好，妳倒是想個新鮮頑意兒才好。」

鴛鴦想了想道：「如今姨太太有了年紀，不肯費心，倒不如拿出令盆骰子來，大家擲個曲牌名兒，賭輸贏酒罷。」

賈母道：「這也使得。」便命人取骰盆放在桌上。

……鴛鴦說：「如今用四個骰子擲去，擲不出名兒來的罰一杯，擲出名兒來，每人喝酒的杯數兒，擲出來再定。」

眾人聽了道：「這是容易的，我們都隨著。」鴛鴦便打點兒，眾人叫鴛鴦喝了一杯，就在她身上數起，恰是薛姨媽先擲。

……薛姨媽便擲了一下，卻是四個么。鴛鴦道：「這是有名的，叫做『商山四皓』。有年紀的喝一杯。」於是賈母、李嬸娘、邢、王二夫人都該喝。

賈母舉酒要喝，鴛鴦道：「這是姨太太擲的，還該姨太太說個曲牌名兒，下家兒接一句《千家詩》。說不出的罰一杯。」

薛姨媽道：「妳又來算計我了，我那裡說得上來。」

賈母道：「不說到底寂寞，還是說一句的好。下家兒就是我了，若說不出來，我陪姨太太喝一鍾就是了。」

薛姨媽便道：「我說個『臨老入花叢』。」

賈母點點頭兒道：「將謂偷閒學少年。」

……說完，骰盆過到李紋，便擲了兩個四，兩個二。鴛鴦說：「也有名了，這叫作『劉阮入天臺』。」

李紋便接著說了個「二士入桃源。」下手兒便是李紈，說道：「尋得桃源好避秦。」大家又喝了一口。

骰盆又過到賈母跟前，便擲了兩個二，兩個三。賈母道：「這要喝酒了？」

鴛鴦道：「有名兒的，這是『江燕引雛』。眾人都該喝一杯。」

鳳姐道：「雛是雛，倒飛了好些了。」眾人瞅了她一眼，鳳姐便不言語。

賈母道：「我說什麼呢？『公領孫』罷。」下手是李綺，便說道：「閒看兒童捉柳花。」眾人都說好。

……寶玉巴不得要說，只是令盆輪不到，正想著，恰好到了跟前，便擲了一個二，兩個三，一個么，便說道：「這是什麼？」

鴛鴦笑道：「這是個『臭』，先喝一杯再擲罷。」寶玉只得喝了又擲，這一擲擲了兩個三，兩個四。

鴛鴦道：「有了，這叫做『張敞畫眉』。」寶玉明白打趣他，寶釵的臉也飛紅了。鳳姐不大懂得，還說：「二兄弟快說了，再找下家兒是誰。」

寶玉明知難說，自認：「罰了罷，我也沒下家。」過了令盆，輪到李紈，便擲了一下兒。

鴛鴦道：「大奶奶擲的是『十二金釵』。」

寶玉聽了，趕到李紈身旁看時，只見紅綠對開，便說：「這一個好看得很。」忽然想起十二釵的夢來，便呆呆的退到自己座上，心裡想：「這十二釵說是金陵的，怎麼家裡這些人如今七大八小的就剩了這幾個？」復又看看湘雲、寶釵，雖說都在，只是不見了黛玉。一時按捺不住，眼淚便要下來。恐人看見，便說身上躁的很，脫脫衣服去，掛了籌[3]出席去了。

……這史湘雲看見寶玉這般光景，打量寶玉擲不出好的，被別人擲了去，心裡不喜歡，便去了；又嫌那個令兒沒趣，便有些煩。只見李紈道：「我不說了，席間的人也不齊，不如罰我一杯。」

賈母道：「這個令兒也不熱鬧，不如蠲了罷。讓鴛鴦擲一下，看擲出個什麼來。」

3.**掛籌**——行酒令時告假離席叫掛籌。

…小丫頭便把令盆放在鴛鴦跟前。鴛鴦依命，便擲了兩個二，一個五，那一個骰子在盆中只管轉，鴛鴦叫道：「不要『五』！」那骰子單單轉出一個「五」來。

鴛鴦道：「了不得！我輸了。」

賈母道：「這是不算什麼的嗎？」

鴛鴦道：「名兒倒有，只是我說不上曲牌名來。」

賈母道：「妳說名兒，我給妳謅。」

鴛鴦道：「這是『浪掃浮萍』。」

賈母道：「這也不難，我替妳說個『秋魚入菱窠』。」

鴛鴦下手的就是湘雲，便道：「白萍吟盡楚江秋。」

眾人都道：「這句很確。」

…賈母道：「這令完了。咱們喝兩杯，吃飯罷。」回頭一看，見寶玉還沒進來，便問道：「寶玉那裡去了，還不來？」

鴛鴦道：「換衣服去了。」

賈母道：「誰跟了去的？」那鶯兒便上來回道：「我看見二爺出去，我叫襲人姐姐跟了去了。」賈母、王夫人才放心。

等了一回，王夫人叫人去找來。小丫頭子到了新房，只見五兒在那裡插蠟。小丫頭便問：「寶二爺那裡去了？」

五兒道：「在老太太那邊喝酒呢。」小丫頭道：「我在老太太那裡，太太叫我來找的。豈有在那裡倒叫我來找的理？」

五兒道：「這就不知道了，妳到別處找去罷。」

小丫頭沒法，只得回來，遇見秋紋，便道：「妳見二爺那裡去了？」

秋紋道：「我也找他。太太們等他吃飯，這會子那裡去了呢？妳快去回老太太去，不必說不在家，只說喝了酒不大受用，不吃飯了，略躺一躺再來，請老太太、太太們吃飯罷。」小丫頭依言回去告訴珍珠，珍珠依言回了賈母。

賈母道：「他本來吃不多，不吃也罷了。叫他歇歇罷。告訴他今兒不必過來，有他媳婦在這裡。」

珍珠便向小丫頭道：「妳聽見了？」小丫頭答應著，不便說明，只得在別處轉了一轉，說告訴了。眾人也不理會，便吃畢飯，大家散坐說話。不提。

……且說寶玉一時傷心，走了出來，正無主意，只見襲人趕來，問：「是怎麼了？」寶玉道：「不怎麼，只是心裡煩得慌。何不趁她們喝酒，咱們兩個到珍大奶奶那裡逛逛去。」

襲人道：「珍大奶奶在這裡，去找誰？」

寶玉道：「不找誰，瞧瞧她現在這裡，住的房屋怎麼樣。」襲人只得跟著，一面走，一面說。

走到尤氏那邊，又一個小門兒半開半掩，寶玉也不進去。只見看園門的兩個婆子坐在門檻上說話兒。寶玉問道：「這小門開著麼？」

婆子道：「天天是不開的。今兒有人出來說，今日預備老太太要用園裡的果子，故開著門等著。」寶玉便慢慢的走到那邊，果見腰門半開，寶玉便走了進去。

襲人忙拉住道：「不用去，園裡不乾淨，常沒有人去，不要撞見什麼。」

寶玉仗著酒氣，說：「我不怕那些。」

襲人苦苦的拉住，不容他去。婆子們上來說道：「如今這園子安靜的了。自從那日道士拿了妖去，我們摘花兒、打果子，一個人常走的。二爺要去，咱們都跟著，有這些人，怕什麼！」寶玉喜歡，襲人也不便相強，只得跟著。

⋯寶玉進得園來，只見滿目淒涼，那些花木枯萎，更有幾處亭館，彩色久經剝落，遠遠望見一叢修竹，倒還茂盛。

寶玉一想，說：「我自病時出園，住在後邊，一連幾個月不准我到這裡，瞬息荒涼。妳看獨有那幾竿翠竹菁蔥，這不是瀟湘館麼？」

襲人道：「你幾個月沒來，連方向都忘了。咱們只管說話，不覺將怡紅院走過了。」回過頭來用手指著道：「這才是瀟湘館呢。」

寶玉順著襲人的手一瞧，道：「可不是過了嗎？咱們回去瞧瞧。」

襲人道：「天晚了，老太太必是等著吃飯，該回去了。」寶玉不言，找著舊路，竟往前走。

……你道寶玉雖離了大觀園將及一載，豈遂忘了路徑？只因襲人恐他見了瀟湘館，想起黛玉，又要傷心，所以用言混過。豈知寶玉只望裡走，天又晚，恐招了邪氣，故寶玉問她，只說已走過了，欲寶玉不去。不料寶玉的心惟在瀟湘館內。襲人見他往前急走，只得趕上。見寶玉站著，似有所見，如有所聞，便道：「你聽什麼？」寶玉道：「瀟湘館倒有人住著麼？」襲人道：「大約沒有人罷。」寶玉道：「我明明聽見有人在內啼哭，怎麼沒有人？」襲人道：「你是疑心。素常你到這裡，常聽見林姑娘傷心，所以如今還是那樣。」寶玉不信，還要聽去。

……婆子們趕上說道：「二爺快回去罷。天已晚了，別處我們還敢走走，只是這裡路又隱僻，又聽得人說，這裡林姑娘死後，常聽見有哭聲，所以人都不敢走的。」寶玉、襲人聽說，都吃了一驚。寶玉道：「可不是！」說著，便滴下淚來，說：「林妹妹，林妹妹，好好兒的，是我害了妳了！妳別怨我，只是父母作主，並不是我負心。」愈說愈痛，便大哭起來。

襲人正在沒法，只見秋紋帶著些人趕來，對襲人道：「妳好大膽！怎麼領了二爺到這裡來？老太太、太太他們打發人各處都找到了，剛才腰門上有人說是妳同二爺到這裡來了，唬得老太太、太太們了不得，罵著我，叫我帶人趕來，還不快回去麼！」寶玉猶自痛哭。

襲人也不顧他哭，兩個人拉著就走，一面替他拭眼淚，告訴他老太太著急。寶玉沒法，只得回來。

……襲人知老太太不放心，將寶玉仍送到賈母那邊。眾人都等著未散。賈母便說：「襲人，我素常知妳明白，才把寶玉交給妳，怎麼今兒帶他園裡去？他的病才好，倘或撞著什麼，又鬧起來，這便怎麼處？」襲人也不敢分辯，只得低頭不語。

寶釵看寶玉顏色不好，心裡著實的吃驚。倒還是寶玉恐襲人受委曲，說道：「青天白日怕什麼？我因為好些時沒到園裡逛逛，今兒趁著酒興走走。那裡就撞著什麼了呢！」

鳳姐在園裡吃過大虧的，聽到那裡，寒毛倒豎，說：「寶兄弟膽子忒大了。」

湘雲道：「不是膽大，倒是心實。不知是會芙蓉神去了，還是尋什麼仙去了。」

寶玉聽著，也不答言。

獨有王夫人急的一言不發。賈母問道：「你到園裡可曾唬著麼？這回不用說了，以後要逛，到底多帶幾個人才好。不然大家早散了。回去好好的睡一夜，明日一早過來，我還要找補，叫妳們再樂一天呢。不要為他又鬧出什麼原故來。」

……眾人聽說，辭了賈母出來。薛姨媽便到王夫人那裡住下。史湘雲仍在賈母房中。迎春便往惜春那裡去了。餘者各自回去。不提。

……獨有寶玉回到房中，噯聲嘆氣。寶釵明知其故，也不理他，只是怕他憂悶，勾出舊病來，便進裡間，叫襲人來，細問她寶玉到園怎麼的光景。

……未知襲人怎生回說，下回分解。

◎第一〇九回◎

候芳魂五兒承錯愛　還孽債迎女返真元

……話說寶釵叫襲人問出原故，恐寶玉悲傷成疾，便將黛玉臨死的話與襲人假作閒談，說是：「人生在世，有意有情，到了死後，各自幹各自的去了，並不是生前那樣個人，死後還是這樣。活人雖有痴心，死的竟不知道。

「況且林姑娘既說仙去，她看凡人是個不堪的濁物，那裡還肯混在世上？只是人自己疑心，所以招些邪魔外祟來纏擾了。」寶釵雖是與襲人說話，原說給寶玉聽的。

襲人會意，也說是：「沒有的事。若說林姑娘的魂靈兒還在園裡，我們也算好的，怎麼不曾夢見了一次？」

…寶玉在外間聽得，細細的想道：「果然也奇。我知道林妹妹死了，那一日不想幾遍，怎麼從沒夢過？想是她到天上去了，瞧我這凡夫俗子不能交通神明，所以夢都沒有一個兒。「我就在外間睡著，或者我從園裡回來，她知道我的實心，肯與我夢裡一見。我必要問她實在那裡去了。我也時常祭奠。若是果然不理我這濁物，竟無一夢，我便不想她了。」主意已定，便說：「我今夜就在外間睡了，你們也不用管我。」

…寶釵也不強他，只說：「你不要胡思亂想。你不瞧瞧，太太因你園裡去了，急得話都說不出來。若是知道還不保養身子，倘或老太太知道了，又說我們不用心。」

寶玉道：「白這麼說罷咧，我坐一會子就進來。妳也乏了，先睡罷。」

寶釵知他必進來的，假意說道：「我睡了，叫襲姑娘伺候你罷。」

……寶玉聽了，正合機宜。候寶釵睡了，他便叫襲人、麝月另鋪設下一副被褥，常叫人進來瞧二奶奶睡著了沒有。寶釵故意裝睡，也是一夜不寧。

那寶玉知是寶釵睡著，便與襲人道：「妳們各自睡罷，我又不傷感。妳若不信，妳就服侍我睡了再進去，只要不驚動我就是了。」

襲人果然服侍他睡下，便預備下了茶水，關好了門，進裡間去照應一回，各自假寐，寶玉若有動靜，再出來。

……寶玉見襲人等進來，便將坐更的兩個婆子支到外頭。他輕輕的坐起來，暗暗的祝了幾句，便睡下了，欲與神交。起初再睡不著，以後把心一靜，便睡去了。豈知一夜安眠，直到天亮。

……寶玉醒來，拭眼坐起來，想了一回，並無有夢。便嘆口氣道：「正是『悠悠生死別經年，魂魄不曾來入夢』[1]。」

寶釵卻一夜反沒有睡著，聽寶玉在外邊念這兩句，便接口道：「這句又說莽撞了。如若林妹妹在時，又該生氣了。」

寶玉聽了，反不好意思，只得起來搭訕著，往裡間走來，說：「我原要進來的，不覺得一個盹兒就打著了。」

寶釵道：「你進來不進來，與我什麼相干？」

……襲人等本沒有睡，眼見他們兩個說話，即忙倒上茶來。已見老太太那邊打發小丫頭來問：「寶二爺昨睡得安頓麼？若安頓時，早早的同二奶奶梳洗了就過去。」

襲人便說：「妳去回老太太，說寶玉昨夜很安頓，回來就過

1.「悠悠」句——唐代白居易《長恨歌》中詩句，寫唐玄宗對楊貴妃的思念。

來。」小丫頭去了。

……寶釵起來梳洗了，鶯兒、襲人等跟著，先到賈母那裡行了禮，便到王夫人那邊起至鳳姐都讓過了，仍到賈母處，見她母親也過來了。大家問起：「寶玉晚上好麼？」寶釵便說：「回去就睡了，沒有什麼。」眾人放心，又說些閒話。

……只見小丫頭進來說：「二姑奶奶要回去了。聽見說孫姑爺那邊人來，到大太太那裡說了些話，大太太叫人到四姑娘那邊說，不必留了，讓她去罷。如今二姑奶奶在大太太那邊哭呢，大約就過來辭老太太。」

賈母眾人聽了，心中好不自在，都說：「二姑娘這樣一個人，為什麼命裡遭著這樣的人！一輩子不能出頭，這便怎麼好！」

……說著，迎春進來，淚痕滿面，因為是寶釵的好日子，只得含著淚，辭了眾人要回去。

賈母知道她的苦處，也不便強留，只說道：「妳回去也罷了。但是不要悲傷，碰著了這樣人，也是沒法兒的。過幾天我再打發人接妳去。」

迎春道：「老太太始終疼我，如今也疼不來了。可憐我只是沒有再來的時候了。」說著，眼淚直流。

……眾人都勸道：「這有什麼不能回來的？比不得妳三妹妹，隔得遠，要見面就難了。」

賈母等想起探春，不覺也落淚。只為是寶釵的生日，即轉悲為喜說：「這也不難，只要海疆平靜，那邊親家調進京來，就見的著了。」

大家說：「可不是這麼著呢。」說著，迎春只得含悲而別。眾人送了出來，仍回賈母那裡。從早至暮，又鬧了一天。眾人見賈母勞乏，各自散了。

……獨有薛姨媽辭了賈母，到寶釵那裡，說道：「妳哥哥是今年過了，直要等到皇恩大赦的時候，減了等，才好贖罪。這幾年叫我孤苦伶仃，怎麼處！我想要與妳二哥哥完婚，妳想想好不好？」

寶釵道：「媽媽是為著大哥哥娶了親，唬怕的了，所以把二哥哥的事猶豫起來。據我說，很該就辦。邢姑娘是媽媽知道的，如今在這裡也很苦，娶了去，雖說我家窮，究竟比她傍人門戶好多著呢。」

薛姨媽道：「妳得便的時候，就去告訴老太太，說我家沒人，就要揀日子了。」

寶釵道：「媽媽只管同二哥哥商量，挑個好日子，過來和老太太、大太太說了，娶過去就完了一宗事。這裡大太太也巴不得娶了去才好。」

……薛姨媽道：「今日聽見史姑娘也就回去了，老太太心裡要留妳妹妹在這裡住幾天，所以她住下了。我想她也是不定多早晚就走的人了，妳們姊妹們也多敍幾天話兒。」

寶釵道：「正是呢。」於是薛姨媽又坐了一坐，出來辭了眾人，回去了。

……卻說寶玉晚間歸房，因想：「昨晚黛玉竟不入夢，或者她已經成仙，所以不肯來見我這種濁人，也是有的；不然，就是我的性兒太急了，也未可知。」

便想了個主意，向寶釵說道：「我昨夜偶然在外間睡著，似乎比在屋裡睡的安穩些，今日起來，心裡也覺清淨些。我的意思還要在外間睡兩夜，只怕妳們又來攔我。」

寶釵聽了，明知早晨他嘴裡念詩是為著黛玉的事了，想來他那個呆性是不能勸的，倒好叫他睡兩夜，索性自己死了心也罷了。況兼昨夜聽他睡的倒也安靜，便道：「好沒來由，你只管睡去，我們攔你作什麼？但只不要胡思亂想，招出些邪魔外祟來。」

寶玉笑道：「誰想什麼？」

襲人道：「依我勸，二爺竟還是屋裡睡罷。外邊一時照應不到，著了風，倒不好。」

寶玉未及答言，寶釵卻向襲人使了個眼色。襲人會意，便道：「也罷，叫個人跟著你罷，夜裡好倒茶倒水的。」

寶玉便笑道：「這麼說，妳就跟了我來。」

襲人聽了，倒沒意思起來，登時飛紅了臉，一聲也不言語。寶釵素知襲人穩重，便說道：「她是跟慣了我的，還叫她跟著我罷。叫麝月、五兒照料著也罷了。況且今日她跟著我鬧了一天，也乏了，該叫她歇歇了。」寶玉只得笑著出來。

寶釵因命麝月、五兒給寶玉仍在外間鋪設了，又囑咐兩個人醒睡些，要茶要水都留點神兒。兩個答應著出來，看見寶玉端然坐在床上，閉目合掌，居然像個和尚一般。兩個也不敢言語，只管瞅著他笑。

……寶釵又命襲人出來照應。襲人看見這般，卻也好笑，便輕輕的叫道：「該睡了，怎麼又打起坐來了？」

寶玉睜開眼看見襲人，便道：「妳們只管睡罷，我坐一坐就睡。」

襲人道：「因為你昨日那個光景，鬧的二奶奶一夜沒睡。你再這麼著，成何事體！」

寶玉料著自己不睡，都不肯睡，便收拾睡下。襲人又囑咐了麝月等幾句，才進去關門睡了。這裡麝月、五兒兩個人也收拾了被褥，伺候寶玉睡著，各自歇下。

……那知寶玉要睡越睡不著，見她兩個人在那裡打鋪，忽然想起那年襲人不在家時，晴雯、麝月兩個人服侍，夜間麝月出去，晴雯要唬她，因為沒穿衣服著了涼，後來還是從這個病上死的。想到這裡，一心移在晴雯身上去了。

忽又想起鳳姐說五兒給晴雯脫了個影兒，因又將想晴雯的心腸移在五兒身上。自己假裝睡著，偷偷的看那五兒，越瞧越像晴雯，不覺呆性復發。聽了聽，裡間已無聲息，知是睡了。卻見麝月也睡著了，便故意叫了麝月兩聲，卻不答應。

……五兒聽見寶玉喚人，便問道：「二爺要什麼？」

寶玉道：「我要漱漱口。」

五兒見麝月已睡，只得起來，重新剪了蠟花，倒了一鍾茶來，一手托著漱盂。卻因趕忙起來的，身上只穿著一件桃紅綾子小襖兒，鬆鬆的挽著一個鬢兒。寶玉看時，居然晴雯復生。忽又想起晴雯說的：「早知擔個虛名，也就打個正經主意了」，不覺呆呆的呆看，也不接茶。

……那五兒自從芳官去後，也無心進來了。後來聽見鳳姐叫她進來服侍寶玉，竟比寶玉盼她進來的心還急。不想進來以後，見寶釵、襲人一般尊貴穩重，看著心裡實在敬慕；又見寶玉瘋瘋傻傻，不似先前風致。又聽見王夫人為女孩子們和寶玉玩笑都攆了：所以把這件事擱在心上，倒無一毫的兒女私情了。怎奈這位呆爺今晚把她當作晴雯，只管愛惜起來。

…那五兒早已羞得兩頰紅潮，又不敢大聲說話，只得輕輕的說道：「二爺，漱口啊！」寶玉笑著接了茶在手中，也不知道漱了沒有，便笑嘻嘻的問道：「妳和晴雯姐姐好，不是啊？」

五兒聽了，摸不著頭腦，便道：「都是姊妹，也沒有什麼不好的。」

寶玉又悄悄的問道：「晴雯病重了，我看她去，不是妳也去了麼？」五兒微微笑著點頭兒。

寶玉道：「妳聽見她說什麼了沒有？」

五兒搖著頭兒道：「沒有。」寶玉已經忘神，便把五兒的手一拉。

…五兒急得紅了臉，心裡亂跳，便悄悄說道：「二爺有什麼話只管說，別拉拉扯扯的。」

寶玉才放了手，說道：「她和我說來著，『早知擔了個虛名，也就打個正經主意了。』妳怎麼沒聽見麼？」

五兒聽了這話，明明是輕薄自己的意思，又不敢怎麼樣，便說道：「那是她自己沒臉，這也是我們女孩兒家說得的嗎？」

寶玉著急道：「妳怎麼也是這麼個道學先生！我看妳長的和她一模一樣，我才肯和妳說這個話，妳怎麼倒拿這些話來糟蹋她！」

……此時五兒心中也不知寶玉是怎麼個意思，便說道：「夜深了，二爺也睡罷，別緊著坐著，看涼著。剛才奶奶和襲人姐姐怎麼囑咐了？」

寶玉道：「我不涼。」說到這裡，忽然想起五兒沒穿著大衣服，就怕她也像晴雯著了涼，便說道：「妳為什麼不穿上衣服就過來？」

五兒道：「爺叫的緊，那裡有盡著穿衣裳的空兒？要知道說這半天話兒時，我也穿上了。」

寶玉聽了，連忙把自己蓋的一件月白綾子綿襖兒揭起來遞給五兒，叫她披上。五兒只不肯接，說：「二爺蓋著罷，我不涼。我涼，我有我的衣裳。」

說著，回到自己鋪邊，拉了一件長襖披上。又聽了聽，麝月睡的正濃，才慢慢過來說：「二爺今晚不是要養神呢嗎？」

……寶玉笑道：「實告訴妳罷，什麼是養神，我倒是要遇仙的意思。」

五兒聽了，越發動了疑心，便問道：「遇什麼仙？」

寶玉道：「妳要知道，這話長著呢。妳挨著我來坐下，我告訴妳。」

五兒紅了臉，笑道：「你在那裡躺著，我怎麼坐呢。」

寶玉道：「這個何妨。那一年冷天，也是妳麝月姐姐和妳晴雯姐姐玩，我怕凍著她，還把她攬在被裡渥著呢。這有什麼的！大凡一個人，總不要酸文假醋才好。」

……五兒聽了，句句都是寶玉調戲之意，那知這位呆爺卻是實心實意的話兒。五兒此時走開不好，站著不好，坐下不好，倒沒了主意了，因微微的笑著道：「你別混說了，看人家聽見，這是什麼意思？怨不得人家說你專在女孩兒身上用工夫。你自己放著二奶奶和襲人姐姐都是仙人兒似的，只愛和別人胡纏。明兒再說這些話，我回了二奶奶，看你什麼臉見人。」

……正說著，只聽外面「咕咚」一聲，把兩個人嚇了一跳。裡間寶釵咳嗽了一聲。寶玉聽見，連忙努嘴兒。五兒也就忙忙的熄了燈，悄悄的躺下了。

原來寶釵、襲人因昨夜不曾睡，又兼日間勞乏了一天，所以睡去，都不曾聽見他們說話。此時院中一響，早已驚醒，聽了聽，也無動靜。

寶玉此時躺在牀上，心裡疑惑：「莫非林妹妹來了，聽見我和五兒說話，故意嚇我們的？」翻來覆去，胡思亂想，五更以後才朦朧睡去。

……卻說五兒被寶玉鬼混了半夜，又兼寶釵咳嗽，自己懷著鬼胎，生怕寶釵聽見了，也是思前想後，一夜無眠。次日一早起來，見寶玉尚自昏昏睡著，便輕輕的收拾了屋子。那時麝月已醒，便道：「妳怎麼這麼早起來了？妳難道一夜沒睡嗎？」五兒聽這話，又似麝月知道了的光景，便只是訕笑，也不答言。

不一時，寶釵、襲人也都起來。開了門，見寶玉尚睡，卻也納悶：「怎麼外邊兩夜睡得倒這般安穩？」

…及寶玉醒來，見眾人都起來了，自己連忙爬起，揉著眼睛，細想昨夜又不曾夢見，可是仙凡路隔了。慢慢的下了床，又想昨夜五兒說的，寶釵、襲人都是天仙一般，這話卻也不錯，便怔怔的瞅著寶釵。

寶釵見他發怔，雖知他為黛玉之事，卻也定不得夢不夢，只是瞅的自己倒不好意思，便道：「二爺昨夜可真遇見仙了麼？」寶玉聽了，只道昨晚的話寶釵聽見了，笑著勉強說道：「這是那裡的話！」

…那五兒聽了這一句，越發心虛起來，又不好說的，只得且看寶釵的光景。只見寶釵又笑著問五兒道：「妳聽見二爺睡夢中和人說話來著麼？」寶玉聽了，自己坐不住，搭訕著走開了。

五兒把臉飛紅，只得含糊道：「前半夜倒說了幾句，我也沒聽真。什麼『擔了虛名』，又什麼『沒打正經主意』，我也不懂，勸著二爺睡了。後來我也睡了，不知二爺還說來著沒有。」

……寶釵低頭一想：「這話明是為黛玉了。但盡著叫他在外頭，恐怕心邪了，招出些花妖月姊來。況兼他的舊病原在姊妹上情重，只好設法將他的心意挪移過來，然後能免無事。」想到這裡，不免面紅耳熱起來，也就訕訕的進房梳洗去了。

……且說賈母兩日高興，略吃多了些，這晚有些不受用，第二天便覺著胸口飽悶。鴛鴦等要回賈政，賈母不叫言語，說：「我這兩日嘴饞些，吃多了點子，我餓一頓就好了。你們快別吵嚷！」於是鴛鴦等並沒有告訴人。

……這日晚間，寶玉回到自己屋裡，見寶釵自賈母、王夫人處才請了晚安回來。寶玉想著早起之事，未免赧顏抱慚。寶釵看他這樣，也曉得是個沒意思的光景，因想著：「他是個痴情人，要治他的這病，少不得仍以痴情治之。」想了一回，便問寶玉道：「你今夜還在外間睡去罷咧？」寶玉自覺沒趣，便道：「裡間外間都是一樣的。」寶釵意欲再說，反覺不好意思。

襲人道：「罷呀，這倒是什麼道理呢！我不信睡得那麼安穩。」五兒聽見這話，連忙接口道：「二爺在外間睡，別的倒沒什麼，只是愛說夢話，叫人摸不著頭腦兒，又不敢駁他的回。」襲人便道：「我今日挪到床上睡睡，看說夢話不說。妳們只管把二爺的鋪蓋鋪在裡間就完了。」寶釵聽了，也不作聲。

寶玉自己慚愧不來，那裡還有強嘴的分兒，便依著搬進裡間來。一則寶玉負愧，欲安慰寶釵之心；二則寶釵恐寶玉思鬱成疾，不如假以詞色，使得稍覺親近，以為移花接木之計。於是當晚襲人果然挪出去。寶玉因心中愧悔，寶釵欲攏絡寶玉之心，自過門至今日，方才如魚得水，恩愛纏綿，所謂二五之精，妙合而凝[2]的了。此是後話。

※……※……※

且說次日寶玉、寶釵同起，寶玉梳洗了，先過賈母這邊來。這裡賈母因疼寶玉，又想寶釵孝順，忽然想起一件東西，便叫鴛鴦開了箱子，取出祖上所遺一個漢玉玦，雖不及寶玉他那塊玉石，掛在身上卻也稀罕。鴛鴦找出來遞與賈母，便說道：「這件東西，我好像從沒見。老太太這些年還記得這樣清楚，說是那一箱什麼匣子裡裝

2.二五之精，妙合而凝

二五都是合天之數，大意是說二五相合，即可生人的意思。此處是指寶玉和寶釵行成人之禮後寶釵懷了身孕的意思。

著，我按著老太太的話，一拿就拿出來了。老太太怎麼想著，拿出來做什麼？」

賈母道：「妳那裡知道，這塊玉還是祖爺爺給我們老太爺，老太爺疼我，臨出嫁的時候叫了我去，親手遞給我的。還說：『這玉是漢時所佩的東西，很貴重，妳拿著就像見了我的一樣。』

「我那時還小，拿了來也不當什麼，便撩在箱子裡。到了這裡，我見咱們家的東西也多，這算得什麼，從沒帶過，一撩便撩了六十多年。今兒見寶玉這樣孝順，他又丟了一塊玉，故此，想著拿出來給他，也像是祖上給我的意思。」

……一時寶玉請了安，賈母便喜歡道：「你過來，我給你一件東西瞧瞧。」寶玉走到床前，賈母便把那塊漢玉遞給寶玉。

寶玉接來一瞧，那玉有三寸方圓，形似甜瓜，色有紅暈，甚是精緻。寶玉口口稱贊。

賈母道：「你愛麼？這是我祖爺爺給我的，我傳了你罷。」寶玉笑著，請了個安謝了，又拿了要送給他母親瞧。賈母道：「你太太瞧了，告訴你老子，又說疼兒子不如疼孫子了。他們從沒見過。」寶玉笑著去了。寶釵等又說了幾句話，也辭了出來。

……自此，賈母兩日不進飲食，胸口仍是結悶，覺得頭暈目眩，咳嗽。邢、王二夫人、鳳姐等請安，見賈母精神尚好，不過叫人告訴賈政，立刻來請了安。賈政出來，即請大夫看脈。不多一時，大夫來診了脈，說是有年紀的人，停了些飲食，感冒些風寒，略消導發散些就好了。開了方子，賈政看了，知是尋常藥品，命人煎好進服。以後賈政早晚進來請安。一連三日，不見稍減。

…賈政又命賈璉：「打聽好大夫，快去請來瞧老太太的病。咱們家常請的幾個大夫，我瞧著不怎麼好，所以叫你去。」賈璉想了一想，說道：「記得那年寶兄弟病的時候，倒是請了一個不行醫的來瞧好了的，如今不如找他。」賈政道：「醫道卻是極難的，愈是不興時的大夫倒有本領。你就打發人去找來罷。」賈璉即忙答應去了，回來說道：「這劉大夫新近出城教書去了，過十來天進城一次。這時等不得，又請了一位，也就來了。」賈政聽了，只得等著。不提。

…且說賈母病時，合宅女眷無日不來請安。一日，眾人都在那裡，只見看園內腰門的老婆子進來，回說：「園裡的櫳翠庵的妙師父知道老太太病了，特來請安。」眾人道：「她不常過來，今兒特地來，妳們快請進來。」鳳姐走到床前回賈母。岫煙是妙玉的舊相識，先走出去接她。

……只見妙玉頭帶妙常髻[3]，身上穿一件月白素綢襖兒，外罩一件水田青緞鑲邊長背心，拴著秋香色的絲絛，腰下繫一條淡墨畫的白綾裙，手執麈尾念珠，跟著一個侍兒，飄飄拽拽的走來。

岫煙見了問好，說是：「在園內住的日子，可以常常來瞧瞧妳。近來因為園內人少，一個人輕易難出來，況且咱們這裡的腰門常關著，所以這些日子不得見妳。今兒幸會。」

妙玉道：「頭裡妳們是熱鬧場中，妳們雖在外園裡住，我也不便常來親近。如今知道這裡的事情也不大好，又聽說是老太太病著，又惦記妳，並要瞧瞧寶姑娘。我那管妳們的關不關，我要來就來，我不來，妳們要我來也不能啊。」

岫煙笑道：「妳還是那種脾氣。」一面說著，已到賈母房中。

3. 妙常髻——帶髮修行的尼姑所梳的一種髮髻，上覆巾幘。

眾人見了，都問了好。

……妙玉走到賈母床前問候，說了幾句套話。賈母便道：「妳是個女菩薩，妳瞧瞧我的病可好得了好不了？」

妙玉道：「老太太這樣慈善的人，壽數正有呢。一時感冒，吃幾貼藥，想來也就好了。有年紀人只要寬心些。」

賈母道：「我倒不為這些，我是極愛尋快樂的。如今這病也不覺怎樣，只是胸膈悶飽。剛才大夫說是氣惱所致。妳是知道的，誰敢給我氣受？這不是那大夫脈理平常麼？我和璉兒說了，還是頭一個大夫說感冒、傷食的是，明兒仍請他來。」說著，叫鴛鴦吩咐廚房裡辦一桌淨素菜來，請她在這裡便飯。

妙玉道：「我已吃過午飯了，我是不吃東西的。」

王夫人道：「不吃也罷，咱們多坐一會，說些閒話兒罷。」

妙玉道：「我久已不見妳們，今兒來瞧瞧。」又說了一回話，便要走，回頭見惜春站著，便問道：「四姑娘為什麼這樣瘦？不要只管愛畫勞了心。」

惜春道：「我久不畫了。如今住的房屋不比園裡的顯亮，所以沒興畫。」

妙玉道：「妳如今住在那一所了？」

惜春道：「就是妳才進來的那個門東邊的屋子。妳要來，很近。」

妙玉道：「我高興的時候來瞧妳。」惜春等說著送了出去。回身過來，聽見丫頭們回說大夫在賈母那邊呢。眾人暫且散去。

……那知賈母這病日重一日，延醫調治不效，以後又添腹瀉。賈政著急，知病難醫，即命人到衙門告假，日夜同王夫人親視湯藥。

…一日，見賈母略進些飲食，心裡稍寬。只見老婆子在門外探頭，王夫人叫彩雲看去，問問是誰。

彩雲看了是陪迎春到孫家去的人，便道：「妳來做什麼？」

婆子道：「我來了半日，這裡找不著一個姐姐們，我又不敢冒撞，我心裡又急。」

彩雲道：「你急什麼？又是姑爺作踐姑娘不成麼？」

婆子道：「姑娘不好了！前兒鬧了一場，姑娘哭了一夜，昨日痰堵住了。他們又不請大夫，今日更利害了。」

彩雲道：「老太太病著呢，別大驚小怪的！」王夫人在內已聽見了，恐老太太聽見不受用，忙叫彩雲帶她外頭說去。

…豈知賈母病中心靜，偏偏聽見，便道：「迎丫頭要死了麼？」

王夫人便道：「沒有。婆子們不知輕重，說是這兩日有些病，恐不能就好，到這裡問大夫。」

賈母道：「瞧我的大夫就好，快請了去。」王夫人便叫彩雲叫這婆子去回大太太去，那婆子去了。

……這裡賈母便悲傷起來，說是：「我三個孫女兒，一個享盡了福死了；三丫頭遠嫁不得見面；迎丫頭雖苦，或者熬出來，不打量她年輕輕兒的就要死了。留著我這麼大年紀的人活著做什麼！」王夫人、鴛鴦等解勸了好半天。

那時寶釵、李氏等不在房中，鳳姐近來有病。王夫人恐賈母生悲添病，便叫人叫了她們來陪著，自己回到房中，叫彩雲來埋怨：「這婆子不懂事，以後我在老太太那裡，妳們有事，不用來回。」丫頭們依命不言。

……豈知那婆子剛到邢夫人那裡，外頭的人已傳進來說：「二姑奶奶死了。」邢夫人聽了，也便哭了一場。現今她父親不在家中，只得叫賈璉快去瞧看。知賈母病重，眾人都不敢回。可憐一位如花似月之女，結褵年餘，不料被孫家揉搓以致身亡。又值賈母病篤，眾人不便離開，竟容孫家草草完結。

……賈母病勢日增，只想這些好女兒。一時想起湘雲，便打發人去瞧她。回來的人悄悄的找鴛鴦，因鴛鴦在老太太身旁，王夫人等都在那裡，不便上去，到了後頭，找了琥珀，告訴她道：「老太太想史姑娘，叫我們去打聽。那裡知道史姑娘哭得了不得，說是姑爺得了暴病，大夫都瞧了，說這病只怕不能好，若變了個癆病，還可捱過四五年。所以史姑娘心裡著急。又知道老太太病，只是不能過來請安，還叫我不要在老太太面前提起。倘或老太太問起來，務必托妳們變個法兒回老太太才好。」

琥珀聽了，咳了一聲，就也不言語了，半日說道：「妳去罷。」琥珀也不便回，心裡打算告訴鴛鴦，叫她撒謊去，所以來到賈母床前。只見賈母神色大變，地下站著一屋子的人，嘁嘁的說：「瞧著是不好了。」也不敢言語了。

……這裡賈政悄悄的叫賈璉到身旁，向耳邊說了幾句話。賈璉輕輕的答應出去了，便傳齊了現在家的一干家人，說：「老太太的事，待好出來了，你們快快分頭派人辦去。頭一件，先請出板來瞧瞧，好掛裡子。快到各處將各人的衣服量了尺寸，都開明了，便叫裁縫去做孝衣。那棚杠執事都去講定。廚房裡還該多派幾個人。」

賴大等回道：「二爺，這些事不用爺費心，我們早打算好了。只是這項銀子在那裡打算？」

賈璉道：「這種銀子不用打算了，老太太自己早留下了。剛才老爺的主意，只要辦的好，我想外面也要好看。」賴大等答應，派人分頭辦去。

……賈璉復回到自己房中，便問平兒：「妳奶奶今兒怎麼樣？」平兒把嘴往裡一努，說：「你瞧去。」賈璉進內，見鳳姐正要穿衣，一時動不得，暫且靠在炕桌兒上。

賈璉道：「妳只怕養不住了。老太太的事，今兒明兒就要出來了，妳還脫得過麼？快叫人將屋裡收拾收拾，就該扎掙上去了。若有了事，妳我還能回來麼？」

鳳姐道：「咱們這裡還有什麼收拾的，不過就是這點子東西，還怕什麼！你先去罷，看老爺叫你。我換件衣裳就來。」

……賈璉先回到賈母房裡，向賈政悄悄的回道：「諸事已交派明白了。」

賈政點頭。外面又報太醫進來了，賈璉接入，又診了一回，出來悄悄的告訴賈璉：「老太太的脈氣不好，防著些。」賈璉會意，與王夫人等說知。王夫人即忙使眼色叫鴛鴦過來，叫她把老太太的裝裹衣服預備出來。鴛鴦自去料理。

賈母睜眼要茶喝，邢夫人便進了一杯參湯。賈母剛用嘴接著喝，便道：「不要這個，倒一鍾茶來我喝。」

眾人不敢違拗，即忙送上來，一口喝了，還要，又喝一口，便說：「我要坐起來。」

賈政等道：「老太太要什麼，只管說，可以不必坐起來才好。」

賈母道：「我喝了口水，心裡好些，略靠著和你們說說話。」

……珍珠等用手輕輕的扶起，看見賈母這回精神好些。未知生死，下回分解。

◎第一一〇回◎

史太君壽終歸地府
王鳳姐力詘失人心

…卻說賈母坐起說道：「我到你們家已經六十多年了，從年輕的時候到老來，福也享盡了。自你們老爺起，兒子、孫子也都算是好的了。就是寶玉呢，我疼了他一場。」說到那裡，拿眼滿地下瞅著。王夫人便推寶玉走到床前。賈母從被窩裡伸出手來，拉著寶玉道：「我的兒，你要爭氣才好！」寶玉嘴裡答應，心裡一酸，那眼淚便要流下來，又不敢哭，只得站著。聽賈母說道：「我想再見一個重孫子，我就安心了。我的蘭兒在那裡呢？」

……李紈也推賈蘭上去。賈母放了寶玉，拉著賈蘭道：「你母親是要孝順的，將來你成了人，也叫你母親風光風光。鳳丫頭呢？」

……鳳姐本來站在賈母旁邊，趕忙走到眼前說：「在這裡呢。」賈母道：「我的兒，妳是太聰明了，將來修修福罷！我也沒有修什麼，不過心實吃虧。那些吃齋念佛的事我也不大幹，就是舊年叫人寫了些《金剛經》送送人，不知送完了沒有？」鳳姐道：「沒有呢。」賈母道：「早該施捨完了才好。我們大老爺和珍兒是在外頭罷了；最可惡的是史丫頭沒良心，怎麼總不來瞧我？」鴛鴦等明知其故，都不言語。

……賈母又瞧了一瞧寶釵，嘆了口氣，只見臉上發紅。賈政知是迴光返照[1]，即忙進上參湯。賈母的牙關已經緊了，合了一回眼，又睜著滿屋裡瞧了一瞧。王夫人、寶釵上去輕輕扶著，邢夫人、鳳姐等便忙穿衣。地下婆子們已將床安設停當，鋪了被褥，聽見賈母喉間略一響動，臉變笑容，竟是去了。享年八十三歲。眾婆子[2]疾忙停床[3]。

……於是賈政等在外一邊跪著，邢夫人等在內一邊跪著，一齊舉起哀[4]來。外面家人各樣預備齊全，只聽裡頭信兒一傳出來，從榮府大門起至內宅門，扇扇大開，一色淨白紙糊了，孝棚[5]高起，大門前的牌樓立時豎起，上下人等登時成服[6]。

……賈政報了丁憂[7]，禮部奏聞。主上深仁厚澤，念及世代功勳，又係元妃祖母，賞銀一千兩，諭禮部主祭。家人們各處報喪。眾親友雖知賈家勢敗，今見聖恩隆重，都來探喪。擇了

1.迴光返照——指太陽剛落山時，由於光線反射而發生的天空中短時發亮的現象。比喻人死前精神突然興奮。也比喻事物滅亡前夕的表面興旺。

2.婆子——年紀較大的女傭。

3.停床——謂死者未入棺前，停屍床上。

4.舉哀——指辦喪事時高聲號哭，表示哀悼。

5.孝棚——在靈堂前臨時搭起的供吊唁用的帳棚。

6.成服——死者入殮後，其親屬穿着符合各自身分的喪服。

吉時成殮[8]，停靈[9]正寢[10]。

……賈赦不在家，賈政為長，寶玉、賈環、賈蘭是親孫，年紀又小，都應守靈。賈璉雖也是親孫，帶著賈蓉，尚可分派家人辦事。雖請了些男女外親來照應，內裡邢、王二夫人、李紈、鳳姐、寶釵等是應靈旁哭泣的；尤氏雖可照應，她自賈珍外出，依住榮府，一向總不上前，且又榮府的事不甚諳練。賈蓉的媳婦更不必說了；惜春年小，雖在這裡長的，她於家事全不知道。所以內裡竟無一人支持，只有鳳姐可以照管裡頭的事，況又賈璉在外作主，裡外他二人，倒也相宜。

……鳳姐先前仗著自己的才幹，原打諒老太太死了，她大有一番作用。邢、王二夫人等本知她曾辦過秦氏的事，必是妥當，於是仍叫鳳姐總理裡頭的事。鳳姐本不應辭，自然應了，心

7. 丁憂—遭逢父母喪事。舊制父母死後，子女要守喪，三年內不做官，不婚娶，不赴宴，不應考。

8. 成殮—又叫入棺、入木。古稱「大殮」，意為將人死屍體移入棺木。

9. 停靈—人死埋葬前先將棺木暫厝，供人祭弔。

10. 正寢—泛指房屋的正廳或正屋。

想：「這裡的事本是我管的。那些家人更是我手下的人，太太和珍大嫂子的人本來難使喚些，如今她們都去了，銀項雖沒有了對牌，這宗銀子是現成的。外頭的事又是他辦著。雖說我現今身子不好，想來也不致落褒貶，必是比寧府裡還得辦些。」

心下已定，且待明日接了三[11]，後日一早便叫周瑞家的傳出話去，將花名冊取上來。鳳姐一一的瞧了，統共只有男僕二十一人，女僕只有十九人，餘者俱是些丫頭，連各房算上，也不過三十多人，難以點派差使。心裡想道：「這回老太太的事倒沒有東府裡的人多。」又將莊上的弄出幾個，也不敷差遣。

……正在思算，只見一個小丫頭過來說：「鴛鴦姐姐請奶奶。」鳳姐只得過去。只見鴛鴦哭得淚人一般，一把拉著鳳姐兒，說

11. **接三**——舊時死了人，三天之夕必須「接三」，也叫「迎三」、「送三」。說人死三天其亡靈就要到地府陰曹去了，或被神、佛或神、佛的使者金童玉女迎接去了。接三前要到冥衣鋪按一定尺碼、款式、質量糊一份車馬、箱子；接三之日，要舉行奏吹鼓樂，迎親朋弔唁，焚化紙糊車馬等。

道：「二奶奶請坐，我給二奶奶磕個頭。雖說服中不行禮，這個頭是要磕的。」

鴛鴦說著跪下，慌的鳳姐趕忙拉住，說道：「這是什麼禮，有話好好的說。」鴛鴦跪著，鳳姐便拉起來。

鴛鴦說道：「老太太的事，一應內外都是二爺和二奶奶辦，這宗銀子是老太太留下的。老太太這一輩子也沒有糟蹋過什麼銀錢，如今臨了這件大事，必得求二奶奶體體面面的辦一辦才好！

「我方才聽見老爺說什麼詩云、子曰，我不懂；又說什麼『喪與其易，寧戚』，我聽了不明白。我問寶二奶奶，說是老爺的意思，老太太的喪事只要悲切才是真孝，不必糜費[12]，圖好看的念頭。我想老太太這樣一個人，怎麼不該體面些？我雖是奴才丫頭，敢說什麼！只是老太太疼二奶奶和我這一場，臨死了還不叫她風光風光！

12.糜費——浪費。

「我想二奶奶是能辦大事的，故此我請二奶奶來求作個主。我生是跟老太太的人，老太太死了，我也是跟老太太的，若是瞧不見老太太的事怎麼辦，將來怎麼見老太太呢？」

⋯鳳姐聽了這話來的古怪，便說：「妳放心，要體面是不難的。況且老爺雖說要省，那勢派[13]也錯不得。便拿這項銀子都花在老太太身上，也是該當的。」

鴛鴦道：「老太太的遺言說，所有剩下的東西是給我們的，二奶奶倘或用著不夠，只管拿這個去折變補上。就是老爺說什麼，我也不好違老太太的遺言。那日老太太分派的時候，不是老爺在這裡聽見的麼？」

鳳姐道：「妳素來最明白的，怎麼這會子那樣的著急起來了？」

鴛鴦道：「不是我著急，為的是大太太是不管事的，老爺是怕招搖的。若是二奶奶心裡也是老爺的想頭，說抄過家的人家

13. 勢派──氣派，派頭。

喪事還是這麼好，將來又要抄起來，也就不顧起老太太來，怎麼處？在我呢，是個丫頭，好歹礙不著，到底是這裡的聲名。」

鳳姐道：「我知道了，妳只管放心，有我呢。」鴛鴦千恩萬謝的托了鳳姐。

……那鳳姐出來，想道：「鴛鴦這東西好古怪，不知打了什麼主意。論理，老太太身上本該體面些。噯！不要管她，且按著咱們家先前的樣子辦去。」於是叫了旺兒家的來，把話傳出去，請二爺進來。

不多時，賈璉進來，說道：「怎麼找我？妳在裡頭照應著些就是了。橫豎作主是咱們二老爺，他說怎麼著，咱們就怎麼著。」

鳳姐道：「你也說起這個話來了，可不是鴛鴦說的話應驗了麼？」賈璉道：「什麼鴛鴦的話？」鳳姐便將鴛鴦請進去的話述了一遍。

…賈璉道：「她們的話算什麼！才剛二老爺叫我去，說：『老太太的事固要認真辦理，但是知道的呢，說是老太太自己結果自己；不知道的，只說咱們都隱匿起來了，如今很寬裕。老太太的這種銀子用不了，誰還要麼？仍舊該用在老太太身上。

『老太太是在南邊的墳地雖有，陰宅卻沒有。老太太的柩是要歸到南邊去的。留這銀子在祖墳上蓋起些房屋來，再餘下的置買幾頃祭田。咱們回去也好，就是不回去，也叫這些貧窮族中住著，也好按時按節早晚上香，時常祭掃祭掃。』妳想，這些話可不是正經主意？據妳這個話，難道都花了罷？」

鳳姐道：「銀子發出來了沒有？」

賈璉道：「誰見過銀子！我聽見咱們太太聽見了二老爺的話，極力的攛掇[14]二太太和二老爺，說這是好主意。叫我怎麼著？

「現在外頭棚扛上要支幾百銀子，這會子還沒有發出來。我要去，他們都說有，先叫外頭辦了，回來再算。妳想，這些奴才們，有錢的早溜了；按著冊子叫去，有的說告病，有的說下莊子去了。走不動的有幾個，只有賺錢的能耐，還有賠錢的本事麼？」

鳳姐聽了，呆了半天，說道：「這還辦什麼！」

……正說著，見來了一個丫頭，說：「大太太的話，問二奶奶，今兒第三天了，裡頭還很亂，供了飯，還叫親戚們等著嗎？叫了半天，來了菜，短了飯，這是什麼辦事的道理！」

14. 攛掇——煽動，慫恿。

鳳姐急忙進去，吆喝人來伺候，胡弄著將早飯打發了。偏偏那日人來的多，裡頭的人都死眉瞪眼的。鳳姐只得在那裡照料了一會子，又惦記著派人，趕著出來，叫了旺兒家的傳齊了家人女人們，一一分派了。眾人都答應著不動。

……鳳姐道：「什麼時候，還不供飯！」

眾人道：「傳飯是容易的，只要將裡頭的東西發出來，我們才好照管去。」

鳳姐道：「糊塗東西！派定了妳們，少不得有的。」眾人只得勉強應著。

……鳳姐即往上房取發應用之物，要去請示邢、王二夫人，見人多難說，看那時候已經日漸平西了，只得找了鴛鴦，說要老太太存的這一分傢伙。

鴛鴦道：「妳還問我呢，那一年二爺當了，贖了來了麼？」

鳳姐道：「不用銀的金的，只要這一分平常使的。」

鴛鴦道：「大太太、珍大奶奶屋裡使的是那裡來的？」鳳姐一想不差，轉身就走，只得到王夫人那邊找了玉釧、彩雲，才拿了一分出來，急忙叫彩明登賬，發與眾人收管。

……鴛鴦見鳳姐這樣慌張，又不好叫她回來，心想：「她頭裡作事，何等爽利周到，如今怎麼掣肘[15]的這個樣兒！我看這兩三天連一點頭腦都沒有，不是老太太白疼了她了嗎！」

那裡知邢夫人一聽賈政的話，正合著將來家計艱難的心，巴不得留一點子作個收局。況且老太太的事原是長房作主，賈赦雖不在家，賈政又是拘泥的人，有件事便說請大奶奶的主意。

邢夫人素知鳳姐手腳大，賈璉的鬧鬼，所以死拿住不放鬆。鴛

15. 掣肘——拉住胳膊，比喻阻撓別人做事。

鴦只道已將這項銀兩交了出去了，故見鳳姐掣肘如此，便疑為不肯用心，便在賈母靈前嘮嘮叨叨哭個不了。邢夫人等聽了話中有話，不想到自己不令鳳姐便宜行事，反說：「鳳丫頭果然有些不用心。」

……王夫人到了晚上叫了鳳姐過來，說：「咱們家雖說不濟，外頭的體面是要的。這兩三日人來人往，我瞧著那些人都照應不到，想是妳沒有吩咐，還得妳替我們操點心兒才好！」鳳姐聽了，呆了一會，要將銀兩不湊手的話說出，但是銀錢是外頭管的，王夫人說的是照應不到，鳳姐也不敢辯，只好不言語。

邢夫人在旁說道：「論理該是我們做媳婦的操心，本不是孫子媳婦的事。但是我們動不得身，所以托妳的，妳是打不得撒手的。」

鳳姐紫漲了臉，正要回說，只聽外頭鼓樂一奏，是燒黃昏紙[16]的時候了，大家舉起哀來，又不得說，鳳姐原想回來再說，王夫人催她出去料理，說道：「這裡有我們的，妳快快兒的去料理明兒的事罷。」

……鳳姐不敢再言，只得含悲忍泣的出來，又叫人傳齊了眾人，又吩咐了一會，說：「大娘嬸子們可憐我罷！我上頭捱了好些說，為的是妳們不齊截[17]，叫人笑話。明兒妳們豁出些辛苦來罷。」

那些人回道：「奶奶辦事，不是今兒個一遭兒了，我們敢違拗嗎？只是這回的事上頭過於累贅。只說打發這頓飯罷，有的在這裡吃，有的要在家裡吃；請了那位太太，又是那位奶奶不來。諸如此類，那得齊全？還求奶奶勸勸那些姑娘們不要挑飭[18]就好了。」

16. 黃昏紙—黃昏時分燒奠的紙錢。

17. 齊截—齊心一致。

18. 挑飭—挑剔責備。

……鳳姐道：「頭一層是老太太的丫頭們是難纏的，太太們的也難說話，叫我說誰去呢？」

眾人道：「從前奶奶在東府裡還是署事[19]，要打要罵，怎麼這樣鋒利，誰敢不依？如今這些姑娘們都壓不住了？」

鳳姐嘆道：「東府裡的事雖說托辦的，太太雖在那裡，不好意思說什麼。如今是自己的事情，又是公中的，人人說得話。再者，外頭的銀錢也叫不靈，即如棚裡要一件東西，傳了出來，總不見拿進來，這叫我什麼法兒呢？」

……眾人道：「二爺在外頭，倒怕不應付麼？」

鳳姐道：「還提那個！他也是那裡為難。第一件，銀錢不在他手裡，要一件得回一件，那裡湊手[20]。」

眾人道：「老太太這項銀子不在二爺手裡嗎？」

鳳姐道：「妳們回來問管事的，便知道了。」

19. **署事**——代理事物。

20. **湊手**——方便，使用順手。

眾人道：「怨不得我們聽見外頭男人抱怨說：『這麼件大事，咱們一點摸不著，淨當苦差。』叫人怎麼能齊心呢？」

……鳳姐道：「如今不用說了，眼面前的事大家留些神罷。倘或鬧的上頭有了什麼說的，我和妳們不依的。」

眾人道：「奶奶要怎麼樣，我們敢抱怨嗎？只是上頭一人一個主意，我們實在難周到的。」

鳳姐聽了沒法，只得央說道：「好大娘們！明兒且幫我一天，等我把姑娘們鬧明白了，再說罷咧。」眾人聽命而去。

……鳳姐一肚子的委屈，愈想愈氣，直到天亮，又得上去。要把各處的人整理整理，又恐邢夫人生氣；要和王夫人說，怎奈邢夫人挑唆。這些丫頭們見邢夫人等不助著鳳姐的威風，更加作踐起她來。

幸得平兒替鳳姐排解，說是：「二奶奶巴不得要好，只是老爺、太太們吩咐了外頭，不許靡費，所以我們二奶奶不能應付到了。」說過幾次，才得安靜些。

……雖說僧經道懺，上祭掛帳，絡繹不絕，終是銀錢吝嗇，誰肯踴躍，不過草草了事。連日王妃誥命也來得不少，鳳姐也不能上去照應，只好在底下張羅，叫了那個，走了這個；發一回急，央及一會，胡弄過了一起，又打發一起。別說鴛鴦等看去不像樣，連鳳姐自己心裡也過不去了。

……邢夫人雖說是冢婦[21]，仗著「悲戚為孝」四個字，倒也都不理會。王夫人落得跟了邢夫人行事，餘者更不必說了。

……獨有李紈瞧出鳳姐的苦處，也不敢替她說話，只自嘆道：「俗

21. 冢婦——嫡長子之妻。

語說的，『牡丹雖好，全仗綠葉扶持』，太太們不虧了鳳丫頭，那些人還幫著嗎？若是三姑娘在家還好，如今只有她幾個自己的人瞎張羅，面前背後的也抱怨，說是一個錢摸不著，臉面也不能剩一點兒。

「老爺是一味的盡孝，庶務上頭不大明白。這樣的一件大事，不撒散幾個錢就辦的開了嗎？可憐鳳丫頭鬧了幾年，不想在老太太的事上，只怕保不住臉了。」

於是抽空兒叫了她的人來，吩咐道：「妳們別看著人家的樣兒，也糟蹋起璉二奶奶來。別打量什麼穿孝守靈就算了大事了，不過混過幾天就是了。看見那些人張羅不開，便插個手兒也未為不可。這也是公事，大家都該出力的。」

那些素服李紈的人都答應著說：「大奶奶說得很是。我們也不敢那麼著，只聽見鴛鴦姐姐們的口話兒，好像怪璉二奶奶的似的。」

李紈道：「就是鴛鴦，我也告訴過她，我說璉二奶奶並不是在老太太的事上不用心，只是銀子錢都不在她手裡，叫她巧媳婦還作的上沒米的粥來嗎？如今鴛鴦也知道了，所以也不怪她了。」

「只是鴛鴦的樣子竟是不像從前了，這也奇怪。那時候有老太太疼她，倒沒有作過什麼威福；如今老太太死了；沒有了仗腰子[22]的了，我看她倒有些氣質不大好了。我先前替她愁，這會子幸喜大老爺不在家，才躲過去了；不然，她有什麼法兒。」

……說著，只見賈蘭走來說：「媽媽睡罷，一天到晚人來客去的也乏了，歇歇罷。我這幾天總沒有摸摸書本兒，今兒爺爺叫我家裡睡，我喜歡的很，要理個一兩本書才好，別等脫了孝再都忘了。」

22. 仗腰子——比喻支持援助。

李紈道：「好孩子，看書呢，自然是好的。今兒且歇歇罷，等老太太送了殯再看罷。」

賈蘭道：「媽媽要睡，我也就睡在被窩裡頭想想也罷了。」

…眾人聽了都誇道：「好哥兒！怎麼這點年紀，得了空兒就想到書上？不像寶二爺，娶了親的人還是那麼孩子氣。這幾日跟著老爺跪著，瞧他很不受用，巴不得老爺一動身就跑過來找二奶奶，不知唧唧咕咕的說些什麼，甚至弄的二奶奶都不理他了。

「他又去找琴姑娘，琴姑娘也遠避他，邢姑娘也不很同他說話。倒是咱們本家的什麼喜姑娘咧、四姑娘咧，哥哥長哥哥短的和他親密。我們看那寶二爺除了和奶奶姑娘們混混，只怕他心裡也沒有別的事，白過費了老太太的心，疼了他這麼大，那裡及蘭哥兒一零兒[23]呢！大奶奶，妳將來是不愁的

23. 一零兒——猶零頭。

了。」

…李紈道：「就好也還小，只怕到他大了，咱們家還不知怎麼樣了呢！環哥兒你們瞧著怎麼樣？」

眾人道：「這一個更不像樣兒了！兩個眼睛倒像個活猴兒似的，東溜溜，西看看。雖在那裡嚎喪，見了奶奶、姑娘們來了，他在孝幔子[24]裡頭淨偷著眼兒瞧人呢。」

…李紈道：「他的年紀其實也不小了。前日聽見說還要給他說親呢，如今又得等著了。嗳，還有一件事。咱們家這些人，我看來也是說不清的。且不必說閒話，後日送殯，各房的車輛是怎麼樣了？」

眾人道：「璉二奶奶這幾天鬧的像失魂落魄的樣兒了，也沒見傳出去。昨兒聽見我的男人說，璉二爺派了薔二爺料理，說是

24. 孝幔子——懸掛在靈床或靈柩前的白布帳幔。

咱們家的車也不夠，趕車的也少，要到親戚家去借去呢。」

李紈笑道：「車也都是借得的麼？」

眾人道：「奶奶說笑話兒了，車怎麼借不得？只是那一日所有的親戚都用車，只怕難借，想來還得僱呢。」

李紈道：「底下人的只得僱，上頭白車[25]也有僱的麼？」

眾人道：「現在大太太、東府裡的大奶奶、小蓉奶奶都沒有車了，不僱，那裡來的呢？」

25.白車——送喪的車。

……李紈聽了，嘆息道：「先前見有咱們家兒的太太奶奶們坐了僱的車來，咱們都笑話，如今輪到自己頭上了。妳明兒去告訴妳的男人，我們的車馬早早兒的預備好了，省得擠。」眾人答應了出去。不提。

……且說史湘雲，因她女婿病著，賈母死後，只來一次，屈指算是後日送殯，不能不去。又見她女婿的病已成癆症，暫且不妨，只得坐夜[26]前一日過來。想起賈母素日疼她；又想到自己命苦，剛配了一個才貌雙全的男人，性情又好，偏偏的得了冤孽症候，不過捱日子罷了。於是更加悲痛，直哭了半夜。鴛鴦等再三勸慰不止。

……寶玉瞅著也不勝悲傷，又不好上前去勸。見她淡妝素服，不敷脂粉，更比未出嫁的時候猶勝幾分。轉念又看寶琴等淡素裝飾，自有一種天生丰韻。獨有寶釵渾身孝服，那知道比尋常穿顏色時更有一番雅致。心裡想道：「所以千紅萬紫，終讓梅花為魁，殊不知並非為梅花開的早，竟是『潔白清香』四字是不可及的了。「但只這時候若有林妹妹，也是這樣打扮，又不知怎樣的丰韻了！」想到這裡，不覺的心酸起來，那淚珠便直滾滾的下來

26. 坐夜——出殯前夕整夜守靈。

了，趁著賈母的事，不妨放聲大哭。

……眾人正勸湘雲不止，外間又添出一個哭的來了。大家只道是想著賈母疼他的好處，所以傷悲，豈知他們兩個人各自有各自的心事。這場大哭，不禁滿屋的人無不下淚。還是薛姨媽、李嬸娘等勸住。

……明日是坐夜之期，更加熱鬧。鳳姐這日竟支撐不住，也無方法，只得用盡心力，甚至咽喉嚷破，敷衍過了半日。到了下半天，人客更多了，事情也更繁了，瞻前不能顧後。

……正在著急，只見一個小丫頭跑來說：「二奶奶在這裡呢！怪不得大太太說：『裡頭人多，照應不過來，二奶奶是躲著受用去了。』」

鳳姐聽了這話，一口氣撞上來，往下一咽，眼淚直流，只覺得眼前一黑，嗓子裡一甜，便噴出鮮紅的血來，身子站不住，就蹲倒在地。幸虧平兒急忙過來扶住。

…只見鳳姐的血吐個不住。未知性命如何，下回分解。

◎第一一一回◎

鴛鴦女殉主登太虛
狗彘奴欺天招夥盜

……話說鳳姐聽了小丫頭的話，又氣又急又傷心，不覺吐了一口血，便昏暈過去，坐在地下。平兒急來靠著，忙叫了人來攙扶著，慢慢的送到自己房中，將鳳姐輕輕的安放在炕上，立刻叫小紅斟上一杯開水送到鳳姐唇邊。

鳳姐呷了一口，昏迷仍睡。秋桐過來略瞧了一瞧，卻便走開，平兒也不叫她。只見豐兒在旁站著，平兒叫她快快的去回明白了二奶奶吐血發暈，不能照應的話，告訴了邢、王二夫人。

……邢夫人打量鳳姐推病藏躲，因這時女親在內不少，也不好說別的，心裡卻不全信，只說：「叫她歇著去罷。」眾人也並無言語。只說這晚人客來往不絕，幸得幾個內親照應。家下人等見鳳姐不在，也有偷閒歇力的，亂亂吵吵，已鬧的七顛八倒，不成事體了。

……到二更多天，遠客去後，便預備辭靈[1]。孝幕內的女眷，大家都哭了一陣。只見鴛鴦已哭的昏暈過去了，大家扶住捶鬧了一陣，才醒過來，便說「老太太疼我一場，我跟了去」的話。眾人都打量人到悲哭俱有這些言語，也不理會。

到了辭靈之時，上上下下也有百十餘人，只鴛鴦不在。眾人忙亂之時，誰去撿點。到了琥珀等一干的人哭奠之時，卻不見鴛鴦，想來是她哭乏了，暫在別處歇著，也不言語。

……辭靈以後，外頭賈政叫了賈璉問明送殯的事，便商量著派人看家。

1. **辭靈**——出殯前親友向靈柩行禮告別。

賈璉回說：「上人裡頭，派了芸兒在家照應，不必送殯，下人裡頭，派了林之孝的一家子照應拆棚等事。但不知裡頭派誰看家？」

賈政道：「聽見你母親說是你媳婦病了，不能去，就叫她在家的。你珍大嫂子又說你媳婦病得利害，還叫四丫頭陪著，帶領了幾個丫頭婆子，照看上屋裡才好。」

賈璉聽了，心想：「珍大嫂子與四丫頭兩個不合，所以攛掇著不叫她去。若是上頭就是她照應，也是不中用的。我們那一個又病著，也難照應。」想了一回，回賈政道：「老爺且歇歇兒，等進去商量定了再回。」

賈政點了點頭，賈璉便進去了。

……誰知此時鴛鴦哭了一場，想到：「自已跟著老太太一輩子，身子也沒有著落。如今大老爺雖不在家，大太太的這樣行為，我也瞧不上。老爺是不管事的人，以後便亂世為王起來了，我們這些人不是要叫他們掇弄了麼？誰收在屋子裡，誰配小子，我是受不得這樣折磨的，倒不如死了乾淨。但是一時怎麼樣的個死法呢？」一面想，一面走回老太太的套間屋內。

……剛跨進門，只見燈光慘淡，隱隱有個女人拿著汗巾子[2]，好似要上吊的樣子。鴛鴦也不驚怕，心裡想道：「這一個是誰？和我的心事一樣，倒比我走在頭裡了。」便問道：「妳是誰？咱們兩個人是一樣的心，要死一塊兒死。」那個人也不答言。鴛鴦走到跟前一看，並不是這屋子的丫頭，仔細一看，覺得冷氣侵人，一時就不見了。

……鴛鴦呆了一呆，退出在炕沿上坐下，細細一想道：「哦！是了，這是東府裡的小蓉大奶奶啊！她早死了的了，怎麼到這

2. 汗巾子——古代的汗巾，主要以綃、綢、緞、綾、麻、布為原材料製成，規格也大小不等，有方形、長條形。

裡來？必是來叫我來了。她怎麼又上吊呢？」想了一想，道：「是了，必是教給我死的法兒。」鴛鴦這麼一想，邪侵入骨，便站起來，一面哭，一面開了妝匣，取出那年絞的一綹頭髮，揣在懷裡，就在身上解下一條汗巾，按著秦氏方才比的地方拴上。自己又哭了一回，聽見外頭人客散去，恐有人進來，急忙關上屋門，然後端了一個腳凳，自己站上，把汗巾拴上扣兒，套在咽喉，便把腳凳蹬開。

……可憐咽喉氣絕，香魂出竅。正無投奔，只見秦氏隱隱在前，鴛鴦的魂魄疾忙趕上，說道：「蓉大奶奶，妳等等我！」那個人道：「我並不是什麼蓉大奶奶，乃警幻之妹可卿是也。」鴛鴦道：「妳明明是蓉大奶奶，怎麼說不是呢？」那人道：「這也有個緣故，待我告訴妳，妳自然明白了。我在警幻宮中，原是個鍾情的首坐，管的是風情月債，降臨塵世，自當為第一情人，引這些痴情怨女，早早歸入情司，所以該當懸梁自盡的。因我看破凡情，超出情海，歸入情天，所以太虛幻境『痴情』一司，竟自無人掌管。今警幻仙子已經將妳補入，替我掌管此司，所以命我來引妳前去的。」

……鴛鴦的魂道：「我是個最無情的，怎麼算我是個有情的人呢？」

那人道：「妳還不知道呢，世人都把那淫欲之事當作『情』字，所以作出傷風敗化[3]的事來，還自謂風月多情，無關緊要。不知『情』之一字，喜怒哀樂未發之時，便是個性；喜怒哀樂已發，便是情了。

「至於妳我這個情，正是未發之情，就如那花的含苞一樣。欲待發泄出來，這情就不為真情了。」鴛鴦的魂聽了，點頭會意，便跟了秦氏可卿而去。

3. **傷風敗化**——指敗壞社會風俗。多用來遣責道德敗壞的行為。同「傷風敗俗」。

……這裡琥珀辭了靈，聽邢、王二夫人分派看家的人，想著去問鴛鴦明日怎樣坐車的，便在賈母的外間屋裡找了一遍，不見，便找到套間裡頭。剛到門口，見門兒掩著，從門縫裡望裡看時，只見燈光半明不滅的，影影綽綽，心裡害怕，又不聽見屋裡有什麼動靜，便走回來說道：「這蹄子跑到那裡去了？」劈頭見了珍珠，說：「妳見鴛鴦姐姐來著沒有？」珍珠道：「我也找她，太太們等她說話呢。必在套間裡睡著了罷？」琥珀道：「我瞧了，屋裡沒有。那燈也沒人夾蠟花兒，漆黑怪怕的，我沒進去。如今咱們一塊兒進去瞧，看有沒有。」

……琥珀等進去，正夾蠟花，珍珠說：「誰把腳凳撂在這裡，幾乎絆我一跤。」說著，往上一瞧，唬的「噯喲」一聲，身子往後一仰，咕咚的栽在琥珀身上。琥珀也看見了，便大嚷起來，只是兩隻腳挪不動。

外頭的人也都聽見了，跑進來一瞧，大家嚷著，報與邢、王二夫人知道。王夫人、寶釵等聽了，都哭著去瞧。邢夫人道：「我不料鴛鴦倒有這樣志氣，快叫人去告訴老爺。」

……只有寶玉聽見此信，便唬的雙眼直豎。襲人等慌忙扶著，說道：「你要哭就哭，別憋著氣。」寶玉死命的才哭出來了，心想：「鴛鴦這樣一個人，偏又這樣死法。」又想：「實在天地間的靈氣，獨鍾在這些女子身上了。她算得了死所，我們究竟是一件濁物，還是老太太的兒孫，誰能趕得上她？」復又喜歡起來。

那時，寶釵聽見寶玉大哭，也出來了，及到跟前，見他又笑。襲人等忙說：「不好了，又要瘋了！」

寶釵道：「不妨事，他有他的意思。」

寶玉聽了，更喜歡寶釵的話：「倒是她還知道我的心，別人那裡知道！」

……正在胡思亂想，賈政等進來，著實的嗟嘆著，說道：「好孩子，不枉老太太疼她一場！」

即命賈璉：「出去吩咐人，連夜買棺盛殮[4]，明日便跟著老太太的殯送出，也停在老太太棺後，全了她的心志。」賈璉答應出去。這裡命人將鴛鴦放下，停放裡間屋內。

……平兒也知道了，過來同襲人、鶯兒等一干人都哭的哀哀欲絕。內中紫鵑也想起自己終身一無著落，恨不跟了林姑娘去，又全了主僕的恩義，又得了死所。如今空懸在寶玉屋內，雖說寶玉仍是柔情蜜意，究竟算不得什麼，於是更哭得哀切。

4. 盛殮——把屍體裝入棺材。

⋯王夫人即傳了鴛鴦的嫂子進來，叫她看著入殮。遂與邢夫人商量了，在老太太項內賞了她嫂子一百兩銀子，還說，等閒了，將鴛鴦所有的東西，俱賞他們。

她嫂子磕了頭出去，反喜歡說：「真真的我們姑娘是個有志氣的，有造化的，又得了好名聲，又得了好發送。」

旁邊一個婆子說道：「罷呀，嫂子！這會子妳把一個活姑娘賣了一百銀子便這麼喜歡了，那時候兒給了大老爺，妳還不知得多少銀錢呢，妳該更得意了。」一句話戳了她嫂子的心，便紅了臉走開了。

剛走到二門上，見林之孝帶了人抬進棺材來了，她只得也跟進去，幫著盛殮，假意哭嚎了幾聲。

⋯賈政因她為賈母而死，要了香來，上了三炷，作了一個揖，說：「她是殉葬的人，不可作丫頭論。你們小一輩都該行個禮。」寶玉聽了，喜不自勝，走上來恭恭敬敬磕了幾個頭。賈璉想她素日的好處，也要上來行禮，被邢夫人說道：「有了一個爺們便罷了，不要折受她不得超生。」賈璉就不便過來了。

寶釵聽了，心中好不自在，便說道：「我原不該給她行禮，但只老太太去世，咱們都有未了之事，不敢胡為，她肯替咱們盡孝，咱們也該托托她，好好的替咱們服侍老太太西去，也少盡一點子心哪！」說著，扶了鶯兒走到靈前，一面奠酒[5]，那眼淚早撲簌簌流下來了。奠畢，拜了幾拜，狠狠的哭了她一場。眾人也有說寶玉的兩口子都是傻子，也有說他兩個心腸兒好的，也有說她知禮的。賈政反倒合了意。

……一面商量定了看家的，仍是鳳姐、惜春，餘者都遣去伴靈。一

5. 奠酒──以酒祭奠死者。

夜誰敢安眠，一到五更，聽見外面齊人。到了辰初發引[6]，賈政居長，衰麻[7]哭泣，極盡孝子之禮。靈柩出了門，便有各家的路祭，一路上的風光，不必細述。走了半日，來至鐵檻寺安靈，所有孝男等俱應在廟伴宿，不提。

……且說家中林之孝帶領拆了棚，將門窗上好，打掃淨了院子，派了巡更的人，到晚打更上夜。只是榮府規例，一交二更，三門掩上，男人便進不去了，裡頭只有女人們查夜。鳳姐雖隔了一夜，漸漸的神氣清爽了些，只是那裡動得，只有平兒同著惜春各處走了一走，咐吩了上夜的人，也便各自歸房。

……卻說周瑞的乾兒子何三，去年賈珍管事之時，因他和鮑二打架，被賈珍打了一頓，攆在外頭，終日在賭場過日。近知賈母死了，必有些事情領辦，豈知探了幾天的信，一些也沒有

6.發引——指出殯時靈車起行。

7.衰麻——喪服，衰衣麻絰。

想頭，便噯聲嘆氣的回到賭場中，悶悶的坐下。

那些人便說道：「老三，你怎麼樣？不下來撈本了麼？」

何三道：「倒想要撈一撈呢，就只沒有錢麼。」

那些人道：「你到你們周大太爺那裡去了幾日，府裡的錢，你也不知弄了多少來，又來和我們裝窮兒了。」

……何三道：「你們還說呢，他們的金銀不知有幾百萬，只藏著不用。明兒留著，不是火燒了，就是賊偷了，他們才死心呢。」

那些人道：「你又撒謊，他家抄了家，還有多少金銀？」

何三道：「你們還不知道呢，抄去的是摺不了的。如今老太太死，還留了好些金銀，他們一個也不使，都在老太太屋裡擱著，等送了殯回來才分呢。」

……內中有一個人聽在心裡，擲了幾骰，便說：「我輸了幾個錢，也不翻本兒了，睡去了。」說著，便走出來拉了何三道：「老三，我和你說句話。」何三跟他出來。

那人道：「你這樣一個伶俐人，這樣窮，為你不服這口氣。」

何三道：「我命裡窮，可有什麼法兒呢！」

那人道：「你才說榮府的銀子這麼多，為什麼不去拿些使喚使喚？」

何三道：「我的哥哥！他家的金銀雖多，你我去白要一二錢，他們給咱們嗎？」

那人笑道：「他不給咱們，咱們就不會拿嗎？」

……何三聽了這話裡有話，便問道：「依你說，怎麼樣拿呢？」

那人道：「我說你沒有本事，若是我，早拿了來了。」

何三道：「你有什麼本事？」

那人便輕輕的說道：「你若要發財，你就引個頭兒。我有好些朋友，都是通天的本事，不要說他們送殯去了，家裡剩下幾個女人，就讓有多少男人也不怕。只怕你沒這麼大膽子罷咧。」

何三道：「什麼敢不敢！你打量我怕那個乾老子麼？我是瞧著乾媽的情兒上頭，才認他作乾老子罷咧。他又算了人了？你剛才的話，就只怕弄不來，倒招了饑荒。他們哪個衙門不熟？別說拿不來，倘或拿了來，也要鬧出來的。」

……那人道：「這麼說，你的運氣來了！我的朋友，還有海邊上的呢，現今都在這裡，看個風頭，等個門路。若到了手，你我在這裡也無益，不如大家下海去受用，不好麼？你若撂不下你乾媽，咱們索性把你乾媽也帶了去，大家夥兒樂一樂，好不好？」

何三道：「老大，你別是醉了罷？這些話混說的什麼。」說著，拉了那人走到一個僻靜地方，兩個人商量了一回，各人分頭而去。暫且不提。

……※……※……※……

……且說包勇自被賈政吆喝，派去看園，賈母的事出來，也忙了，不曾派他差使。他也不理會，總是自做自吃，悶來睡一覺，醒時便在園裡耍刀弄棍，倒也無拘無束。

……那日，賈母一早出殯，他雖知道，因沒有派他差事，他任意閑遊。只見一個女尼帶了一個道婆來到園內腰門那裡扣門。包勇走來，說道：「女師父，那裡去？」

道婆道：「今日聽得老太太的事完了，不見四姑娘送殯，想必是在家看家。想她寂寞，我們師父來瞧她一瞧。」

包勇道：「主子都不在家，園門是我看的，請妳們回去罷。要來呢，等主子們回來了再來。」

婆子道：「你是那裡來的個黑炭頭？也要管起我們的走動來了。」

包勇道：「我嫌妳們這些人，我不叫妳們來，妳們有什麼法兒？」

婆子生了氣，嚷道：「這都是反了天的事了！連老太太在日還不能攔我們的來往走動呢，你是那裡的這麼個橫強盜，這樣沒法沒天的？我偏要打這裡走！」說著，便把手在門環上狠狠的打了幾下。

……妙玉已氣的不言語，正要回身便走，不料裡頭看二門的婆子聽見有人拌嘴似的，開門一看，見是妙玉，已經回身走去，明知必是包勇得罪了走了。

近日婆子們都知道上頭太太們、四姑娘都親近得很，恐她日後說出門上不放她進來，那時如何擔得住？趕忙走來說：「不知師父來，我們開門遲了。我們四姑娘在家裡，還正想師父呢，快請回來。看園子的小子是個新來的，他不知咱們的事，回來回了太太，打他一頓，攆出去就完了。」妙玉雖是聽見，總不理她。那經得看腰門的婆子趕上，再四央求，後來才說出怕自己擔不是，幾乎急的跪下。妙玉無奈，只得隨了那婆子過來。包勇見這般光景，自然不好再攔，氣得瞪眼嘆氣而回。

……這裡妙玉帶了道婆走到惜春那裡，道了惱，敘了些閒話。說起：「在家看家，只好熬個幾夜。但是二奶奶病著，一個人又悶又是害怕。能有一個人在這裡，我就放心。如今裡頭一個男人也沒有。今兒妳既光降，肯伴我一宵，咱們下棋說話兒，可使得麼？」

妙玉本自不肯，見惜春可憐，又提起下棋，一時高興應了。打發道婆回去，取了她的茶具衣褥，命侍兒送了過來，大家坐談一夜。

……惜春欣幸異常，便命彩屏去開上年蠲的雨水，預備好茶。那妙玉自有茶具。那道婆去了不多一時，又來了個侍者，帶了妙玉日用之物。惜春親自烹茶。兩人言語投機，說了半天。那時已是初更時候，彩屏放下棋枰[8]，兩人對弈。惜春連輸兩盤，妙玉又讓了四個子兒，惜春方贏了半子。這時已到四更，天空地闊，萬籟無聲。妙玉道：「我到五更須得打坐一回，我自有人服侍，妳自去歇息。」惜春猶是不捨，見妙玉要自己養神，不便扭她。

8. 棋枰——棋盤。

……正要歇去，猛聽得東邊上屋內上夜的人一片聲喊起。惜春那裡的老婆子們也接著聲嚷道：「了不得了！有了人了！」唬得惜春、彩屏等心膽俱裂，聽見外頭上夜的男人便聲喊起來。

妙玉道：「不好了！必是這裡有了賊了。」正說著，這裡不敢開門，便掩了燈光，在窗戶眼內往外一瞧，只是幾個男人站在院內，唬得不敢作聲，回身擺著手輕輕的爬下來說：「了不得，外頭有幾個大漢站著。」

……說猶未了，又聽得房上響聲不絕，便有外頭上夜的人進來吆喝拿賊。一個人說道：「上屋裡的東西都丟了，並不見人。東邊有人去了，咱們到西邊去。」惜春的老婆子聽見有自己的人，便在外間屋裡說道：「這裡有好些人上了房了。」

上夜的都道：「你瞧，這可不是嗎？」大家一齊嚷起來。只聽房上飛下好些瓦來，眾人都不敢上前。

……正在沒法，只聽園門腰門一聲大響，打進門來，見一個梢長[9]大漢，手執木棍。眾人唬得藏躲不及，聽得那人喊說道：「不要跑了他們一個！你們都跟我來。」這些家人聽了這話，越發唬得骨軟筋酥，連跑也跑不動了。只見這人站在當地，只管亂喊。

家人中有一個眼尖些的看出來了，你道是誰？正是甄家薦來的包勇。這些家人不覺膽壯起來，便顫巍巍的說道：「有一個走了，有的在房上呢。」包勇便向地下一撲，聳身[10]上房追趕那賊。

……這些賊人明知賈家無人，先在院內偷看惜春房內，見有個絕

9. 梢長——高長。

10. 聳身——縱身向上。

色女尼，便頓起淫心，又欺上屋俱是女人，且又畏懼，正要踹進門去，因聽外面有人進來追趕，所以賊眾上房。見人不多，還想抵擋，猛見一人上房趕來，那些賊見是一人，越發不理論了，便用短兵抵住。那經得包勇用力一棍打去，將賊打下房來。那些賊飛奔而逃，從園牆過去，包勇也在房上追捕。

…豈知園內早藏下了幾個在那裡接贓，已經接過好些，見賊夥跑回，大家舉械保護，見追的只有一人，明欺寡不敵眾，反倒迎上來。

包勇一見，生氣道：「這些毛賊！敢來和我鬥鬥！」

那夥賊便說：「我們有一個夥計被他們打倒了，不知死活，咱們索性搶了他出來。」這裡包勇聞聲即打，那夥賊便掄起器械，四五個人圍住包勇亂打起來。

外頭上夜的人也都仗著膽子只顧趕了來。眾賊見鬥他不過，只得跑了。

……包勇還要趕時，被一個箱子一絆，立定看時，心想東西未丟，眾賊遠逃，也不追趕。便叫眾人將燈照著。地下只有幾個空箱，叫人收拾，他便欲跑回上房。因路徑不熟，走到鳳姐那邊，見裡面燈燭輝煌，便問：「這裡有賊沒有？」裡頭的平兒戰兢兢的說道：「這裡也沒開門，只聽上屋叫喊，說有賊呢，你到那裡去罷。」包勇正摸不著路頭，遙見上夜的人過來，才跟著一齊尋到上屋。見是門開戶啟，那些上夜的在那裡啼哭。

……一時，賈芸、林之孝都進來了，見是失盜[11]，大家著急。進內查點，老太太的房門大開，將燈一照，鎖頭擰折。進內一瞧，

11. 失盜——東西被偷。

箱櫃已開，便罵那些上夜女人道：「妳們都是死人麼！賊人進來，妳們不知道的麼？」

那些上夜的人啼哭著說道：「我們幾個人輪更上夜，是管二三更的，我們都沒有住腳，前後走的。他們是四更五更，我們的下班兒。只聽見他們喊起來，並不見一個人。趕著照看，不知什麼時候把東西早已丟了。求爺們問管四五更的。」

林之孝道：「妳們個個要死！回來再說，咱們先到各處看去。」

……上夜的男人領著走到尤氏那邊，門兒關緊，有幾個接音說：「唬死我們了。」林之孝問道：「這裡沒有丟東西？」裡頭的人方開了門，道：「這裡沒丟東西。」

……林之孝帶著人走到惜春院內，只聽得裡面說道：「了不得了！唬死了姑娘了，醒醒兒罷！」林之孝便叫人開門，問是怎樣了。

裡頭婆子開門說：「賊在這裡打仗，把姑娘都唬壞了。虧得妙師父和彩屏才將姑娘救醒。東西是沒失。」

林之孝道：「賊人怎麼打仗？」上夜的男人說：「幸虧包大爺上了房，把賊打跑了去了，還聽見打倒一個人呢。」

包勇道：「在園門那裡呢。」

……賈芸等走到那邊，果見一人躺在地下死了。細細一瞧，好像周瑞的乾兒子。眾人見了詫異，派一個人看守著，又派兩個人照看前後門，俱仍舊關鎖著。

……林之孝便叫人開了門，報了營官[12]，立刻到來查勘。踏察賊跡，是從後夾道上屋的。到了西院房上，見那瓦破碎不堪，一直過了後園去了。

12. 營官——指負責地方武備和治安的官吏。

眾上夜的齊聲說道：「這不是賊，是強盜。」

營官著急道：「並非明火執杖[13]，怎算是強盜？」

上夜的道：「我們趕賊，他在房上擲瓦，我們不能近前，幸虧我們家的姓包的上房打退。趕到園裡，還有好幾個賊，竟與姓包的打仗，打不過姓包的，才都跑了。」

營官道：「可又來，若是強盜，倒打不過你們的人麼？不用說了，你們快查清了東西，遞了失單[14]，我們報就是了。」

……賈芸等又到上屋，已見鳳姐扶病[15]過來，惜春也來。賈芸請了鳳姐的安，問了惜春的好，大家查看失物。因鴛鴦已死，琥珀等又送靈去了，那些東西都是老太太的，並沒見數，只用封鎖，如今打從那裡查去？

眾人都說：「箱櫃東西不少，如今一空。偷的時候不少，那些上夜的人管什麼的？況且打死的賊是周瑞的乾兒子，必是他們

13. **明火執杖**——點著火把，拿著武器。原指公開搶劫，後比喻公開地、毫不隱藏地幹壞事。

14. **失單**——丟失的東西或錢財的清單。

15. **扶病**——抱病行動。

通同一氣[16]的。」

鳳姐聽了，氣的眼睛直瞪瞪的，便說：「把那些上夜的女人都拴起來，交給營裡審問。」眾人叫苦連天，跪地哀求。

……不知怎生發放，並失去的物有無著落，下回分解。

16. 通同一氣——串通在一起。

◎第一一二回◎

活冤孽妙尼遭大劫
死讎仇趙妾赴冥曹

…話說鳳姐命捆起上夜眾女人，送營審問，女人跪地哀求。林之孝同賈芸道：「妳們求也無益。老爺派我們看家，沒有事是造化；如今有了事，上下都擔不是，誰救得妳？若說是周瑞的乾兒子，連太太起，裡裡外外的都不乾淨。」鳳姐喘吁吁的說道：「這都是命裡所招，和她們說什麼！帶了她們去就是了。這丟的東西，你告訴營裡去說：『實在是老太太的東西，問老爺們才知道。等我們報了去，請了老爺們回來，自然開了失單送來。』文官衙門裡，我們也是這樣報。」賈芸、林之孝答應出去。

……惜春一句話也沒有，只是哭道：「這些事，我從來沒有聽見過。為什麼偏偏碰在咱們兩個人身上！明兒老爺、太太回來，叫我怎麼見人？說把家裡交給咱們，如今鬧到這個分兒，還想活著麼！」

鳳姐道：「咱們願意嗎？現在有上夜的人在那裡。」

惜春道：「妳還能說，況且妳又病著；我是沒有說的。這都是我大嫂子害了我的，她攛掇著太太派我看家的。如今我的臉擱在那裡呢？」說著，又痛哭起來。

鳳姐道：「姑娘，妳快別這麼想。若說沒臉，大家一樣的。妳若這麼糊塗想頭，我更擱不住[1]了。」

……二人正說著，只聽見外頭院子裡有人大嚷的說道：「我說那三姑六婆是再要不得的，我們甄府裡從來是一概不許上門的。不想這府裡倒不講究這個呢。」

1. 擱不住——禁受不住。

「昨兒老太太的殯才出去，那個什麼庵裡的尼姑死要到咱們這裡來。我吆喝著不准她們進來，腰門[2]上的老婆子倒罵我，死央及叫放那姑子進去。那腰門子一會兒開著，一會兒關著，不知做什麼。

「我不放心沒敢睡，聽到四更，這裡就嚷起來。我來叫門倒不開了，我聽見聲兒緊了，打開了門，見西邊院子裡有人站著，我便趕走打死了。我今兒才知道這是四姑奶奶的屋子。那個姑子就在裡頭，今兒天沒亮溜出去了。可不是那姑子引進來的賊麼？」

……平兒等聽著，都說：「這是誰這麼沒規矩？姑娘奶奶都在這裡，敢在外頭混嚷嗎？」

鳳姐道：「妳聽見說『他甄府裡』，別就是甄家薦來的那個厭物[3]罷。」

2. 腰門——正門以內的第二重門，亦指兩廳中間的隔門。

3. 厭物——令人憎惡之物。

惜春聽得明白，更加心裡過不得。鳳姐接著問惜春道：「那個人混說[4]什麼姑子，妳們那裡弄了個姑子住下了？」惜春便將妙玉來瞧她，留著下棋守夜的話說了。

鳳姐道：「是她麼，她怎麼肯這樣？是再沒有的話。但是叫這討人嫌的東西嚷出來，老爺知道了，也不好。」惜春愈想愈怕，站起來要走。

……鳳姐雖說坐不住，又怕惜春害怕，弄出事來，只得叫她先別走：「且看著人把偷剩下的東西收起來，再派了人看著，才好走呢。」

平兒道：「咱們不敢收，等衙門裡來了踏看了才好收呢。咱們只好看著。但只不知老爺那裡有人去了沒有？」

鳳姐道：「妳叫老婆子問去。」

一回進來說：「林之孝是走不開，家下人要伺候查驗的，再有

4. 混說——胡說。

的是說不清楚的，已經芸二爺去了。」鳳姐點頭，同惜春坐著發愁。

…且說那夥賊，原是何三等邀的，偷搶了好些金銀財寶接運出去，見人追趕，知道都是那些不中用的人，要往西邊屋內偷去，在窗外看見裡面燈光底下兩個美人：一個姑娘，一個姑子。那些賊那顧性命，頓起不良，就要踹進來，因見包勇來趕，才獲贓而逃，只不見了何三。

大家且躲入窩家[5]，到第二天打聽動靜，知是何三被他們打死，已經報了文武衙門。這裡是躲不住的，便商量趁早歸入海洋大盜一處去，若遲了，通緝文書一行，關津[6]上就過不去了。

…內中一個人膽子極大，便說：「咱們走是走，我就只捨不得那個姑子，長的實在好看。不知是那個庵裡的雛兒[7]呢？」

5.窩家—窩藏贓物的人或人家。

6.關津—水陸交通必經的要道、關口和渡口，泛指設在關口或渡口的關卡。

7.雛兒—指少女，有輕薄的意味。

一個人道：「啊呀！我想起來了，必就是賈府園裡的什麼櫳翠庵裡的姑子。不是前年外頭說她和他們家什麼寶二爺有原故，後來不知怎麼又害起相思病來了，請大夫吃藥的就是她。」

那一個人聽了，說：「咱們今日躲一天，叫咱們大哥借錢置辦些買賣行頭，明兒亮鐘[8]時候陸續出關。你們在關外二十里坡等我。」眾賊議定分贓俵散[9]。不提。

※……※……※

……且說賈政等送殯到了寺內，安厝[10]畢，親友散去。賈政在外廂房伴靈，邢、王二夫人等在內，一宿無非哭泣。到了第二日，重新上祭。

……正擺飯時，只見賈芸進來，在老太太靈前磕了個頭，忙忙的

8.亮鐘——古代天亮時鐘樓上會敲五更鐘，稱為亮鐘。

9.俵散——分散。

10.安厝——停放靈柩待葬。

跑到賈政跟前，跪下請了安，喘吁吁的將昨夜被盜，將老太太上房的東西都偷去，包勇趕賊，打死了一個，已經呈報文武衙門的話說了一遍。

賈政聽了發怔。邢、王二夫人等在裡頭也聽見了，都唬得魂不附體，並無一言，只有啼哭。

賈政過了一會子，問失單怎樣開的。賈芸回道：「家裡的人都不知道，還沒有開單。」

賈政道：「還好，咱們動過家的，若開出好的來，反擔罪名。快叫璉兒！」

……賈璉領了寶玉等，去別處上祭未回，賈政叫人趕了回來。

賈璉聽了，急得直跳，一見芸兒，也不顧賈政在那裡，便把賈芸狠狠的罵了一頓，說：「不配抬舉的東西！我將這樣重任托你，押著人上夜巡更，你是死人麼！虧你還有臉來告訴。」

說著，往賈芸臉上啐了幾口。

賈芸垂手站著，不敢回一言。賈政道：「你罵他也無益了。」

……賈璉然後跪下，說：「這便怎麼樣？」

賈政道：「也沒法兒，只有報官緝賊。但只有一件，老太太遺下的東西，咱們都沒動。你說要銀子，我想老太太死得幾天，誰忍得動她那一項銀子。原打量完了事，算了賬，還人家；再有的，在這裡和南邊置墳產的，再有東西也沒見數兒。

「如今說文武衙門要失單，若將幾件好的東西開上，恐有礙；若說金銀若干，衣飾若干，又沒有實在數目，謊開使不得。

「倒可笑你如今竟換了一個人了，為什麼這樣料理不開？你跪在這裡是怎麼樣呢！」賈璉也不敢答言，只得站起來就走。

……賈政又叫道：「你那裡去？」

賈璉又跪下道：「趕回去料理清楚，再來回。」賈政「哼」的一聲，賈璉把頭低下。

賈政道：「你進去回了你母親，叫了老太太的一兩個丫頭去，叫她們細細的想了開單子。」

賈璉心裡明知老太太的東西都是鴛鴦經管，她死了問誰，就問珍珠，她們那裡記得清楚。只不敢駁回，連連的答應了，起來走到裡頭。

……邢、王夫人又埋怨了一頓，叫賈璉快回去，問他們這些看家的說：「明兒怎麼見我們！」賈璉也只得答應了出來，一面命人套車，預備琥珀等進城；自己騎上騾子，跟了幾個小廝，如飛的回去。賈芸也不敢再回賈政，斜簽[11]著身子慢慢的溜出來，騎上了馬，來趕賈璉。一路無話。

11. 斜簽——側斜著身子。

…到回了家中，林之孝請了安，一直跟了進來。賈璉到了老太太上屋，見了鳳姐、惜春在那裡，心裡又恨，又說不出來，便問林之孝道：「衙門裡瞧了沒有？」

林之孝自知有罪，便跪下回道：「文武衙門都瞧了，來蹤去跡也看了，屍也驗了。」

賈璉吃驚道：「又驗什麼屍？」林之孝又將包勇打死的夥賊似周瑞的乾兒子的話回了賈璉。

…賈璉道：「叫芸兒。」賈芸進來，也跪著聽話。

賈璉道：「你見老爺時，怎麼沒有回周瑞的乾兒子做了賊，被包勇打死的話？」

賈芸說道：「上夜的人說像他的，恐怕不真，所以沒有回。」

賈璉道：「好糊塗東西！你若告訴了我，就帶了周瑞來一認，可不就知道了？」

林之孝回道：「如今衙門裡把屍首放在市口兒[12]招認去了。」

賈璉道：「這又是個糊塗東西！誰家的人做了賊，被人打死，要償命麼？」

林之孝回道：「這不用人家認，奴才就認得是他。」

賈璉聽了想道：「是啊，我記得珍大爺那一年要打的，可不是周瑞家的麼？」

林之孝回說：「他和鮑二打架來著，爺還見過的呢。」

⋯⋯賈璉聽了更生氣，便要打上夜的人。

林之孝哀告道：「請二爺息怒。那些上夜的人，派了他們，還敢偷懶？只是爺府上的規矩，三門裡一個男人不敢進去的，就是奴才們，裡頭不叫，也不敢進去。奴才在外同芸哥兒刻刻查點，見三門關的嚴嚴的，外頭的門一重沒有開。那賊是從後夾道子來的。」

12. 市口兒—市鎮或市集的出入處，亦泛指人較多的街頭。

賈璉道：「裡頭上夜的女人呢？」林之孝將分更上夜、奉奶奶的命捆著，等爺審問的話回了。

……賈璉又問：「包勇呢？」

林之孝說：「又往園裡去了。」

賈璉便說：「去叫來。」

小廝們便將包勇帶來。說：「還虧你在這裡，若沒有你，只怕所有房屋裡的東西都搶了去了呢。」包勇也不言語。惜春恐他說出那話，心下著急。鳳姐也不敢言語。

……只見外頭說：「琥珀姐姐等回來了。」大家見了，不免又哭一場。

賈璉叫人檢點偷剩下的東西，只有些衣服、尺頭、錢箱未動，餘者都沒有了。

賈璉心裡更加著急，想著：「外頭的棚杠銀、廚房的錢，都沒有付給，明兒拿什麼還呢？」便呆想了一會。

只見琥珀等進去，哭了一會，見箱櫃開著，所有的東西怎能記憶，便胡亂想猜，虛擬了一張失單，命人即送到文武衙門。

……賈璉復又派人上夜。鳳姐、惜春各自回房。賈璉不敢在家安歇，也不及埋怨鳳姐，竟自騎馬趕出城外。這裡鳳姐又恐惜春短見，又打發了豐兒過去安慰。

……天已二更。不言這裡賊去關門，眾人更加小心，誰敢睡覺。

且說夥賊一心想著妙玉，知是孤庵女眾，不難欺負。到了三更夜靜，便拿了短兵器，帶了些悶香[13]，跳上高牆。遠遠瞧見櫳翠庵內燈光猶亮，便潛身溜下，藏在房頭僻處。

13. 悶香——燃燒起來使人聞了昏迷的一種麻醉藥香。

……等到四更，見裡頭只有一盞海燈，妙玉一人在蒲團上打坐。歇了一會，便噯聲嘆氣的說道：「我自玄墓到京，原想傳個名的，為這裡請來，不能又棲他處。昨兒好心去瞧四姑娘，反受了這蠢人的氣，夜裡又受了大驚。今日回來，那蒲團再坐不穩，只覺肉跳心驚。」

因素常一個打坐的，今日又不肯叫人相伴。豈知到了五更，寒顫起來。正要叫人，只聽見窗外一響，想起昨晚的事，更加害怕，不免叫人。豈知那些婆子都不答應。自己坐著，覺得一股香氣透入囟門[14]，便手足麻木，不能動彈，口裡也說不出話來，心中更自著急。

……只見一個人拿著明晃晃的刀進來。此時妙玉心中卻是明白，只不能動，想是要殺自己，索性橫了心，倒也不怕。那知那個人把刀插在背後，騰出手來，將妙玉輕輕的抱起，輕薄了

14. 囟門——頭頂旋毛中，百會穴前一寸半的地方。

一會子，便拖起背在身上。

此時妙玉心中只是如醉如痴。可憐一個極潔極淨的女兒，被這強盜的悶香熏住，由著他掇弄了去了。

……卻說這賊背了妙玉，來到園後牆邊，搭了軟梯，爬上牆，跳出去了。外邊早有夥計弄了車輛在園外等著，那人將妙玉放倒在車上，反打起官銜燈籠，叫開柵欄，急急行到城門，正是開門之時。門官只知是有公幹出城的，也不及查詰。

趕出城去，那夥賊加鞭，趕到二十里坡，和眾強徒打了照面，各自分頭奔南海而去。不知妙玉被劫，或是甘受汙辱，還是不屈而死，不知下落，也難妄擬。

……只言櫳翠庵一個跟妙玉的女尼，她本住在靜室後面，睡到五更，聽見前面有人聲響，只道妙玉打坐不安。後來聽見有男人腳步，門窗響動，欲要起來瞧看，只是身子發軟懶怠開口，又不聽見妙玉言語，只睜著兩眼聽著。

到了天亮，終覺得心裡清楚，披衣起來，叫了道婆預備妙玉茶水，她便往前面來看妙玉。豈知妙玉的蹤跡全無，門窗大開。心裡詫異昨晚響動，甚是疑心，說：「這樣早她到那裡去了？」

走出院門一看，有一個軟梯靠牆立著，地下還有一把刀鞘，一條搭膊[15]，便道：「不好了，昨晚是賊燒了悶香了！」急叫人起來查看，庵門仍是緊閉。

那些婆子女侍們都說：「昨夜煤氣熏著了，今早都起不起來，這麼早，叫我們做什麼？」

那女尼道：「師父不知那裡去了。」

眾人道：「在觀音堂打坐呢。」

女尼道：「妳們還做夢呢！妳來瞧瞧。」

15.搭膊——一種布製的長方形口袋。中間開口，兩頭各有一袋，可以搭在肩上，故名。

眾人不知，也都著忙，開了庵門，滿園裡都找到了，「想來或是到四姑娘那裡去了。」

……眾人來叩腰門，又被包勇罵了一頓。

眾人說道：「我們妙師父昨晚不知去向，所以來找。求你老人家叫開腰門，問一問來了沒來就是了。」

包勇道：「妳們師父引了賊來偷我們，已經偷到手了，她跟了賊去受用去了。」

眾人道：「阿彌陀佛，說這些話的，防著下割舌地獄！」

包勇生氣道：「胡說！妳們再鬧，我就要打了。」

眾人陪笑央告道：「求爺叫開門，我們瞧瞧；若沒有，再不敢驚動你太爺了。」

包勇道：「妳不信，妳去找；若沒有，回來問妳們。」包勇說著，叫開腰門，眾人找到惜春那裡。

⋯⋯惜春正是愁悶，惦著：「妙玉清早去後，不知聽見我們姓包的話了沒有？只怕又得罪了她，以後總不肯來。我的知己是沒有了。況我現在實難見人，父母早死，嫂子嫌我。頭裡有老太太，到底還疼我些，如今也死了，留下我孤苦伶仃，如何了局？」

想到：「迎春姐姐磨折死了，史姐姐守著病人，三姐姐遠去，這都是命裡所招，不能自由。

「獨有妙玉如閒雲野鶴，無拘無束。我能學她，就造化不小了。但我是世家之女，怎能遂意？這回看家，已大擔不是，還有何顏？在這裡，又恐太太們不知我的心事，將來的後事如何呢？」

想到其間，便要把自己的青絲絞去，要想出家。彩屏等聽見，急忙來勸，豈知已將一半頭髮絞去。彩屏愈加著忙，說道：「一事不了，又出一事，這可怎麼好呢！」

……正在吵鬧，只見妙玉的道婆來找妙玉。彩屏問起來由，先唬了一跳，說是：「昨日一早去了沒來。」裡面惜春聽見，急忙問道：「那裡去了？」道婆們將昨夜聽見的響動，被煤氣熏著，今早不見有妙玉，庵內軟梯刀鞘的話說了一遍。

惜春驚疑不定，想起昨日包勇的話來，必是那些強盜看見了她，昨晚搶去了，也未可知。但是她素來孤潔的很，豈肯惜命？

「怎麼妳們都沒聽見麼？」眾人道：「怎麼不聽見？只是我們這些人都是睜著眼，連一句話也說不出，必是那賊子燒了悶香。妙姑一人想也被賊悶住，不能言語，況且賊人必多，拿刀弄杖威逼著，她還敢聲喊麼？」

……正說著，包勇又在腰門那裡嚷，說：「裡頭快把這些混帳的婆子趕了出來罷，快關腰門！」彩屏聽見，恐擔不是，只得叫婆子出去，叫人關了腰門。

……惜春於是更加苦楚，無奈彩屏等再三以禮相勸，仍舊將一半青絲攏起。大家商議不必聲張，就是妙玉被搶，也當作不知，且等老爺、太太回來再說。惜春心裡已死定下一個出家的念頭，暫且不提。

……※……※……※……

……且說賈璉回到鐵檻寺，將到家中查點了上夜的人，開了失單報去的話回了。賈政道：「怎樣開的？」賈璉便將琥珀所記得的數目單子呈出，並說：「這上頭元妃賜的東西，已經注明；還有那人家不大有的東西，不便開上，等姪兒脫了孝[16]，出去托人細細的緝訪，少不得弄出來的。」賈政聽了合意，就點頭不言。

16.脫孝——指喪服滿期，脫去孝衣，有一定的儀式。

……賈璉進內見了邢、王二夫人，商量著：「勸老爺早些回家才好呢，不然，都是亂麻似的。」

邢夫人道：「可不是，我們在這裡也是驚心吊膽。」

賈璉道：「這是我們不敢說的，還是太太的主意，二老爺是依的。」邢夫人便與王夫人商議妥了。

……過了一夜，賈政也不放心，打發寶玉進來說：「請太太們今日回家，過兩三日再來。家人們已經派定了，裡頭請太太們派人罷。」邢夫人派了鸚哥等一干人伴靈，將周瑞家的等人派了總管，其餘上下人等都回去。一時忙亂套車備馬。賈政等在賈母靈前辭別，眾人又哭了一場。

……都起來正要走時，只見趙姨娘還爬在地下不起。周姨娘打量她還哭，便去拉她。

豈知趙姨娘滿嘴白沫，眼睛直豎，把舌頭吐出，反把家人唬了一大跳。賈環過來亂嚷。

趙姨娘醒來說道：「我是不回去的，跟著老太太回南去。」

眾人道：「老太太那用妳來！」

趙姨娘道：「我跟了一輩子老太太，大老爺還不依，弄神弄鬼的來算計我。我想仗著馬道婆要出出我的氣，銀子白花了好些，也沒有弄死了一個。如今我回去了，又不知誰來算計我。」

……眾人聽見，早知是鴛鴦附在她身上。邢、王二夫人都不言語瞅著。只有彩雲等代她央告道：「鴛鴦姐姐，妳死是自己願意的，與趙姨娘什麼相干？放了她罷。」見邢夫人在這裡，也不敢說別的。

趙姨娘道：「我不是鴛鴦，她早到仙界去了。我是閻王差人拿我去的，要問我為什麼和馬婆子用魘魔法的案件。」說著，便叫：「好璉二奶奶！妳在這裡老爺面前少頂一句兒罷，我有一千日的不好，還有一天的好呢。好二奶奶，親二奶奶！並不是我要害妳，我一時糊塗，聽了那個老娼婦的話。」

……正鬧著，賈政打發人進來叫環兒。婆子們去回說：「趙姨娘中了邪了，三爺看著呢。」賈政道：「沒有的事，我們先走了。」於是爺們等先回。

……※……※……※……

……這裡趙姨娘還是混說，一時救不過來。邢夫人恐她又說出什麼來，便說：「多派幾個人在這瞧著她，咱們先走，到了城裡，打發大夫出來瞧罷。」

王夫人本嫌她，也打撒手兒[17]。寶釵本是仁厚的人，雖想著她

17.打撒手兒——指放手不管。

害寶玉的事，心裡究竟過不去，背地裡托了周姨娘在這裡照應。周姨娘也是個好人，便應承[18]了。李紈說道：「我也在這裡罷。」

王夫人道：「可以不必。」於是大家都要起身。

賈環急忙道：「我也在這裡嗎？」

王夫人啐道：「糊塗東西！你媽的死活都不知，你還要走嗎？」賈環就不敢言語了。

寶玉道：「好兄弟，你是走不得的。我進了城，打發人來瞧你。」說畢，都上車回家。寺裡只有趙姨娘、賈環、鸚鵡等人。

……賈政、邢夫人等先後到家，到了上房，哭了一場。林之孝帶了家下眾人請了安，跪著。賈政喝道：「去罷！明日問你。」

鳳姐那日發暈了幾次，竟不能出接。只有惜春見了，覺得滿面

18. 應承——承諾，承認。

羞慚。邢夫人也不理她，王夫人仍是照常，李紈、寶釵拉著手說了幾句話。

獨有尤氏說道：「姑娘，妳操心了，倒照應了好幾天。」惜春一言不答，只紫漲了臉。寶釵將尤氏一拉，使了個眼色。尤氏等各自歸房去了。

賈政略略的看了一看，嘆了口氣，並不言語。到書房席地坐下，叫了賈璉、賈蓉、賈芸吩咐了幾句話。寶玉要在書房來陪賈政，賈政道：「不必。」蘭兒仍跟他母親。一宿無話。

……次日，林之孝一早進書房跪著，賈政將後被盜的事問了一遍，並將周瑞供了出來，又說：「衙門拿住了鮑二，身邊搜出了失單上的東西，現在夾訊[19]，要在他身上要這一夥賊呢。」

賈政聽了，大怒道：「家奴負恩，引賊偷竊家主，真是反了！」立刻叫人到城外將周瑞捆了，送到衙門審問。林之孝只管跪

19.夾訊─用夾棍拷問。

著，不敢起來。

賈政道：「你還跪著做什麼？」

林之孝道：「奴才該死，求老爺開恩。」

正說著，賴大等一干辦事家人上來請了安，呈上喪事賬簿。賈政道：「交給璉二爺算明了來回。」吆喝著林之孝出去了。

……賈璉一腿跪著，在賈政身邊說了一句話。

賈政把眼一瞪道：「胡說！老太太的事，銀兩被賊偷去，難道就該罰奴才拿出來麼？」賈璉紅了臉，不敢言語，站起來也不敢動。

賈政道：「你媳婦怎麼樣？」

賈璉又跪下說：「看來是不中用了。」

賈政嘆口氣道：「我不料家運衰敗一至如此！況且環哥兒他媽尚在廟中病著，也不知是什麼症候，你們知道不知道？」賈璉也不敢言語。

賈政道：「傳出話去，叫人帶了大夫瞧瞧去。」

賈璉即忙答應著出來，叫人帶了大夫到鐵檻寺去瞧趙姨娘。

未知死活，下回分解。

◎第一一三回◎

懺宿冤鳳姐托村嫗
釋舊憾情婢感痴郎

…話說趙姨娘在寺內得了暴病，見人少了，更加混說起來，唬得眾人都恨。就有兩個女人攙著，趙姨娘雙膝跪在地下，說一回，哭一回。有時爬在地下叫饒，說：「打殺我了，紅鬍子的老爺，我再不敢了！」有一時雙手合著，也是叫疼。眼睛突出，嘴裡鮮血直流，頭髮披散。人人害怕，不敢近前。

…那時又將天晚，趙姨娘的聲音只管啞[1]起來了，居然鬼嚎一般。無人敢在她跟前，只得叫了幾個有膽量的男人進來坐著。趙姨娘一時死去，隔了些時，又回過來，整整的鬧了一夜。

到了第二天，也不言語，只裝鬼臉，自己拿手撕開衣服，露出胸膛，好像有人剝她的樣子。可憐趙姨娘雖說不出來，其痛苦之狀，實在難堪。

……正在危急，大夫來了，也不敢診脈，只囑咐：「辦後事罷。」說了，起身就走。

那送大夫的家人再三央告說：「請老爺看看脈，小的好回稟家主。」那大夫用手一摸，已無脈息。

賈環聽了，然後大哭起來。眾人只顧賈環，誰料理趙姨娘。只有周姨娘心裡苦楚，想到：「做偏房側室的下場頭不過如此！況她還有兒子的，我將來死起來，還不知怎樣呢！」於是反哭的悲切。

……且說那人趕回家去回稟了，賈政即派家人去照例料理，陪著

1. 喑啞——嘶啞。

環兒住了三天，一同回來。

……那人去了，這裡一人傳十，十人傳百，都知道趙姨娘使了毒心害人，被陰司裡拷打死了。又說是：「璉二奶奶只怕也好不了，怎麼說璉二奶奶告的呢？」

……這些話傳到平兒耳內，甚是著急，看著鳳姐的樣子，實在是不能好的了。看著賈璉近日並不似先前的恩愛，本來事也多，竟像不與他相干的。平兒在鳳姐跟前只管勸慰。又想著邢、王二夫人回家幾日，只打發人來問問，並不親身來看。鳳姐心裡更加悲苦。賈璉回來也沒有一句貼心的話。鳳姐此時只求速死，心裡一想，邪魔悉至。

……只見尤二姐從房後走來，漸近床前說：「姐姐，許久的不見了，做妹妹的想念的很，要見不能，如今好容易進來見見姐姐。姐姐的心機也用盡了，咱們的二爺糊塗，也不領姐姐的情，反倒怨姐姐作事過於苛刻，把他的前程去了，叫他如今見不得人。我替姐姐氣不平。」

鳳姐恍惚說道：「我如今也後悔我的心忒[2]窄了。妹妹不念舊惡，還來瞧我。」

平兒在旁聽見，說道：「奶奶說什麼？」鳳姐一時蘇醒，想起尤二姐已死，必是她來索命。被平兒叫醒，心裡害怕，又不肯說出，只得勉強說道：「我神魂不定，想是說夢話。給我捶捶。」

……平兒上去捶著，見個小丫頭子進來，說是：「劉姥姥來了，婆子們帶著來請奶奶的安。」

2. 忒——過分，過甚。

平兒急忙下來，說：「在哪裡呢？」

小丫頭子說：「她不敢就進來，還聽奶奶的示下。」

平兒聽了點頭，想鳳姐病裡必是懶待見人，便說道：「奶奶現在養神呢，暫且叫她等著。妳問她來有什麼事麼？」

小丫頭子說道：「她們問過了，沒有事。說知道老太太去世了，因沒有報，才來遲了。」

小丫頭子說著，鳳姐聽見，便叫：「平兒，妳來。人家好心來瞧，不要冷淡人家。妳去請了劉姥姥進來，我和她說說話兒。」平兒只得出來請劉姥姥這裡坐。

……鳳姐剛要合眼，又見一個男人一個女人走向炕前，就像要上炕似的。鳳姐著忙[3]，便叫平兒，說：「那裡來了一個男人，跑到這裡來了？」

連叫兩聲，只見豐兒、小紅趕來，說：「奶奶要什麼？」

3. 著忙——著急。

鳳姐睜眼一瞧，不見有人，心裡明白，不肯說出來，便問豐兒道：「平兒這東西那裡去了？」

豐兒道：「不是奶奶叫去請劉姥姥去了麼？」鳳姐定了一會神，也不言語。

只見平兒同劉姥姥帶了一個小女孩兒進來，說：「我們姑奶奶在那裡？」

平兒引到炕邊，劉姥姥便說：「請姑奶奶安。」

鳳姐睜眼一看，不覺一陣傷心，說：「姥姥，妳好？怎麼這時候才來？妳瞧妳外孫女兒也長的這麼大了。」

劉姥姥看著鳳姐骨瘦如柴，神情恍惚，心裡也就悲慘起來，說：「我的奶奶，怎麼這幾個月不見，就病到這個分兒！我糊塗的要死，怎麼不早來請姑奶奶的安！」便叫青兒給姑奶奶請安。青兒只是笑，鳳姐看了，倒也十分喜歡，便叫小紅招呼著。

……劉姥姥道：「我們屯鄉裡的人，不會病的，若一病了，就要求神許願，從不知道吃藥的。我想姑奶奶的病不要撞著什麼了罷？」平兒聽著那話不在理，便在背地裡扯她。劉姥姥會意，便不言語。

那裡知道這句話倒合了鳳姐的意，扎掙著說：「姥姥，妳是有年紀的人，說的不錯。妳見過的趙姨娘也死了，妳知道麼？」

劉姥姥詫異道：「阿彌陀佛！好端端一個人，怎麼就死了？我記得她也有一個小哥兒，這便怎麼樣呢？」

平兒道：「這怕什麼，他還有老爺、太太呢。」

劉姥姥道：「姑娘，妳那裡知道，不好，死了是親生的，隔了肚皮子是不中用的。」這句話又招起鳳姐的愁腸，嗚嗚咽咽的哭起來了。眾人都來勸解。

……巧姐兒聽見她母親悲哭，便走到炕前，用手拉著鳳姐的手，也哭起來。

鳳姐一面哭著，道：「妳見過了姥姥了沒有？」

巧姐兒道：「沒有。」鳳姐道：「妳的名字還是她起的呢，就和乾娘一樣，妳給她請個安。」

巧姐兒便走到跟前，劉姥姥忙著拉著道：「阿彌陀佛，不要折殺[4]我了！巧姑娘，我一年多不來，妳還認得我麼？」

巧姐兒道：「怎麼不認得。那年在園裡見的時候，我還小；前年妳來，我還和妳要隔年的蟈蟈兒[5]，妳也沒有給我，必是忘了。」

劉姥姥道：「好姑娘，我是老糊塗了。若說蟈蟈兒，我們屯裡多得很，只是不到我們那裡去，若去了，要一車也容易。」

鳳姐道：「不然，妳帶了她去罷。」

4. 折殺——謂因享受過分而減損福壽。亦用以表示承受不起。

5. 蟈蟈兒——螽斯。

……劉姥姥笑道：「姑娘這樣千金貴體，綾羅裹大了的，吃的是好東西，到了我們那裡，我拿什麼哄她玩，拿什麼給她吃呢？這倒不是坑殺我了麼！」說著，自己還笑，她說：「那麼著，我給姑娘做個媒罷。我們那裡雖說是屯鄉裡，也有大財主人家，幾千頃地，幾百牲口，銀子錢亦不少，只是不像這裡有金的，有玉的。姑奶奶是瞧不起這種人家，我們莊家人瞧著這樣大財主，也算是天上的人了。」

鳳姐道：「妳說去，我願意就給。」

劉姥姥道：「這是頑話兒[6]罷咧！放著姑奶奶這樣，大官大府的人家只怕還不肯給，那裡肯給莊家人。就是姑奶奶肯了，上頭太太們也不給。」

巧姐因她這話不好聽，便走了去和青兒說話。兩個女孩兒倒說得上，漸漸的就熟起來了。

6.頑話兒——玩笑話。

……這裡，平兒恐劉姥姥話多，攪煩了鳳姐，便拉了劉姥姥說：

「妳提起太太來，妳還沒有過去呢。我出去叫人帶了妳去見見，也不枉來這一趟。」

劉姥姥便要走。鳳姐道：「忙什麼！妳坐下，我問妳，近來的日子還過得麼？」

……劉姥姥千恩萬謝的說道：「我們若不仗著姑奶奶。」

說著，指著青兒說：「她的老子、娘都要餓死了。如今雖說是莊稼人苦，家裡也掙了好幾畝地，又打了一眼井，種些菜蔬瓜果，一年賣的錢也不少，盡夠他們嚼吃的了。這兩年姑奶奶還時常給些衣服布匹，在我們村裡算過得的了。阿彌陀佛！

「前日她老子進城，聽見姑奶奶這裡動了家，我就幾乎唬殺了。虧得又有人說，不是這裡，我才放心。後來又聽見說這裡老爺陞了，我又喜歡，就要來道喜，為的是滿地的莊稼，來不得。

「昨日又聽說老太太沒有了。我在地裡打豆子，聽見了這話，唬得連豆子都拿不起來了，就在地裡狠狠的哭了一大場。我和女婿說：『我也顧不得你們了，不管真話謊話，我是要進城瞧瞧去的。』我女兒、女婿也不是沒良心的，聽見了也哭了一回子。今兒天沒亮，就趕著我進城來了。

「我也不認得一個人，沒有地方打聽。一逕來到後門，見是門神都糊了，我這一唬又不小。進了門找周嫂子，再找不著，撞見一個小姑娘，說周嫂子她得了不是了，攆了。我又等了好半天，遇見了熟人，才得進來。不打量姑奶奶也是那麼病。」說著，又掉下淚來。

……平兒等著急，也不等她說完，拉著就走，說：「妳老人家說了半天，口乾了，咱們喝碗茶去罷。」拉著劉姥姥到下房坐著，青兒在巧姐兒那邊。

劉姥姥道：「茶倒不要，好姑娘，叫人帶了我去請太太的安，哭哭老太太去罷。」

平兒道：「妳不用忙，今兒也趕不出城的了。方才我是怕妳說話不防頭[7]，招的我們奶奶哭，所以催妳出來的。別思量。」

劉姥姥道：「阿彌陀佛，姑娘是妳多心，我知道。倒是奶奶的病怎麼好呢？」

平兒道：「妳瞧去妨礙不妨礙？」

劉姥姥道：「說是罪過，我瞧著不好。」

……正說著，又聽鳳姐叫呢。平兒及到床前，鳳姐又不言語了。平兒正問豐兒，賈璉進來，向炕上一瞧，也不言語，走到裡

7. 不防頭——不注意，不留神。

間，氣哼哼的坐下。只有秋桐跟了進去，倒了茶，殷勤一回，不知嘁嘁喳喳[8]的說些什麼。回來，賈璉叫平兒來問道：「奶奶不吃藥麼？」平兒道：「不吃藥。怎麼樣呢？」賈璉道：「我知道麼！妳拿櫃子上的鑰匙來罷。」平兒見賈璉有氣，又不敢問，只得出來鳳姐耳邊說了一聲。鳳姐不言語，平兒便將一個匣子擱在賈璉那裡就走。……賈璉道：「有鬼叫妳嗎！妳擱著叫誰拿呢？」平兒忍氣打開，取了鑰匙，開了櫃子，便問道：「拿什麼？」賈璉道：「咱們有什麼嗎？」平兒氣得哭道：「有話明白說，人死了也願意！」賈璉道：「這還要說麼！頭裡的事是妳們鬧的。如今老太太的還短了四五千銀子，老爺叫我拿公中的地賬弄銀子，妳說有

8. 嘁嘁喳喳——低聲議論，搬弄是非。

麼？外頭拉的賬不開發，使得麼？誰叫我應這個名兒！只好把老太太給我的東西折變去罷了。妳不依麼？」

平兒聽了，一句不言語，將櫃裡東西搬出。

……只見小紅過來說：「平姐姐快走！奶奶不好呢。」

平兒也顧不得賈璉，急忙過來，見鳳姐用手空抓，平兒用手攥著哭叫。

賈璉也過來一瞧，把腳一跺道：「若是這樣，是要我的命了！」說著，掉下淚來。

豐兒進來說：「外頭找二爺呢。」賈璉只得出去。

……這裡鳳姐愈加不好，豐兒等不免哭起來。巧姐聽見趕來。劉姥姥也急忙走到炕前，嘴裡念佛，搗了些鬼，果然鳳姐好些。

一時，王夫人聽了丫頭的信，也過來了，先見鳳姐安靜些，心下略放心，見了劉姥姥，便說：「劉姥姥，妳好？什麼時候來的？」

劉姥姥便說：「請太太安。」不及細說，只言鳳姐的病。講究了半天，彩雲進來說：「老爺請太太呢。」王夫人叮嚀了平兒幾句話，便過去了。

……鳳姐鬧了一回，此時又覺清楚些。見劉姥姥在這裡，心裡信她求神禱告，便把豐兒等支開，叫劉姥姥坐在頭邊，告訴她心神不寧，如見鬼怪的樣。劉姥姥便說我們屯裡什麼菩薩靈，什麼廟有感應。

鳳姐道：「求妳替我禱告，要用供獻的銀錢我有。」便在手腕上褪下一支金鐲子來交給她。

劉姥姥道：「姑奶奶，不用那個。我們村莊人家許了願，好了，花上幾百錢就是了，那用這些！就是我替姑奶奶求去，也是許願。等姑奶奶好了，要花什麼，自己去花罷。」

…鳳姐明知劉姥姥一片好心，不好勉強，只得留下，說：「姥姥，我的命交給妳了。我的巧姐兒也是千災百病的，也交給妳了。」

劉姥姥順口答應，便說：「這麼著，我看天氣尚早，還趕得出城去，我就去了。明兒姑奶奶好了，再請還願去。」

鳳姐因被眾冤魂纏繞害怕，巴不得她就去，便說：「妳若肯替我用心，我能安穩睡一覺，我就感激妳了。妳外孫女兒，叫她在這裡住下罷。」

…劉姥姥道：「莊稼孩子沒有見過世面，沒的在這裡打嘴[9]。我帶她去的好。」

9. 打嘴——喻指出醜，丟臉。

鳳姐道：「這就是多心了。既是咱們一家，這怕什麼？雖說我們窮了，多一個人吃飯也不礙什麼。」

劉姥姥見鳳姐真情，落得叫青兒住幾天，又省了家裡的嚼吃。只怕青兒不肯，不如叫她來問問，若是她肯，就留下。於是和青兒說了幾句。

青兒因與巧姐兒玩得熟了，巧姐又不願她去，青兒又願意在這裡。劉姥姥便吩咐了幾句，辭了平兒，忙忙的趕出城去。不提。

……且說櫳翠庵原是賈府的地址，因蓋省親園子，將那庵圈在裡頭，向來食用香火，並不動賈府的錢糧。今日妙玉被劫，那女尼呈報到官，一則候官府緝盜的下落，二則是妙玉基業，不便離散，依舊住下，不過回明了賈府。

那時賈府的人雖都知道，只為賈政新喪，且又心事不寧，也不敢將這些沒要緊的事回稟。只有惜春知道此事，日夜不安。漸漸傳到寶玉耳邊，說：「妙玉被賊劫去。」又有的說：「妙玉凡心動了跟人而走。」

……寶玉聽得，十分納悶：「想來必是被強徒搶去。這個人必不肯受，一定不屈而死。」但是一無下落，心下甚不放心，每日長嘘短嘆。還說：「這樣一個人，自稱為『檻外人』，怎麼遭此結局！」

又想到：「當日園中何等熱鬧。自從二姐姐出閣一來，死的死，嫁的嫁，我想她一塵不染，是保得住的了，豈知風波頓起，比林妹妹死的更奇！」

由是一而二，二而三，追思起來，想到《莊子》上的話，虛無縹緲，人生在世，難免風流雲散，不禁的大哭起來。襲人等又道是他的瘋病發作，百般的溫柔解勸。

…寶釵初時不知何故，也用話箴規[10]。怎奈寶玉抑鬱不解，又覺精神恍惚。寶釵想不出道理，再三打聽，方知妙玉被劫，不知去向，也是傷感。

只為寶玉愁煩，便用正言解釋。因提起：「蘭兒自送殯回來，雖不上學，聞得日夜攻苦。他是老太太的重孫。老太太素來望你成人，老爺為你日夜焦心，你為閒情痴意，糟蹋自己，我們守著你如何是個結果？」

說得寶玉無言可答，過了一回，才說道：「我那管人家的閒事？只可嘆咱們家的運氣衰頹。」

寶釵道：「可又來，老爺、太太原為是要你成人，接續祖宗遺緒，你只是執迷不悟，如何是好！」

寶玉聽來，話不投機，便靠在桌上睡去。寶釵也不理他，叫麝月等伺候著，自己卻去睡了。

10. 箴規——勸戒規諫。

……寶玉見屋裡人少，想起：「紫鵑到了這裡，我從沒和她說句知心的話兒，冷冷清清撂著她，我心裡甚不過意。她呢，又比不得麝月、秋紋，我可以安放得的。

「想起從前我病的時候，她在我這裡伴了好些時，如今她的那一面小鏡子還在我這裡，她的情義卻也不薄了。如今不知為什麼，見我就是冷冷的。

「若說為我們這一個呢，她是和林妹妹最好的，我看她待紫鵑也不錯。我有不在家的日子，紫鵑原也與她有說有講的；到我來了，紫鵑便走開了。想來自然是為林妹妹死了，我便成了家的原故。

「噯，紫鵑，紫鵑！妳這樣一個聰明女孩兒，難道連我這點子苦處都看不出來麼！」

因又一想：「今晚她們睡的睡，做活的做活，不如趁著這個空兒，我找她去，看她有什麼話？倘或我還有得罪之處，便陪個不是也使得。」想定主意，輕輕的走出了房門，來找紫鵑。

…那紫鵑的下房也就在西廂裡間。寶玉悄悄的走到窗下，只見裡面尚有燈光，便用舌頭舔破窗紙，往裡一瞧，見紫鵑獨自挑燈，又不是做什麼，呆呆的坐著。

寶玉便輕輕的叫道：「紫鵑姐姐，還沒有睡麼？」

紫鵑聽了，唬了一跳，怔怔的半日，才說：「是誰？」

寶玉道：「是我。」鵑聽著，似乎是寶玉的聲音，便問：「是寶二爺麼？」寶玉在外輕輕的答應了一聲。

…紫鵑問道：「你來做什麼？」

寶玉道：「我有一句心裡的話要和妳說說，妳開了門，我到妳屋裡坐坐。」

紫鵑停了一會兒，說道：「二爺有什麼話，天晚了，請回罷，明日再說罷。」

寶玉聽了，寒了半截。自己還要進去，恐紫鵑未必開門；欲要回去，這一肚子的隱情越發被紫鵑這一句話勾起。無奈，說道：「我也沒有多餘的話，只問妳一句。」

紫鵑道：「既是一句，就請說。」寶玉半日反不言語。

……紫鵑在屋裡不見寶玉言語，知他素有痴病，恐怕一時實在搶白了他，勾起他的舊病，倒也不好了。

因站起來，細聽了一聽，又問道：「是走了，還是傻站著呢？有什麼又不說，盡著在這裡慪人[11]。已經慪死了一個，難道還要慪死一個麼？這是何苦來呢！」說著，也從寶玉舔破之處往外一張，見寶玉在那裡呆聽。紫鵑不便再說，回身剪了剪燭花。

11. 慪人——使人不愉快。

忽聽寶玉嘆了一聲道：「紫鵑姐姐，妳從來不是這樣鐵心石腸，怎麼近來連一句好好兒的話都不和我說了？我固然是個濁物，不配妳們理我，但只我有什麼不是，只望姐姐說明了，那怕姐姐一輩子不理我，我死了倒作個明白鬼呀！」

紫鵑聽了，冷笑道：「二爺就是這個話呀，還有什麼？若就是這個話呢，我們姑娘在時，我也跟著聽俗了；若是我們有什麼不好處呢，我是太太派來的，二爺倒是回太太去，左右我們丫頭們更算不得什麼了！」說到這裡，那聲兒便哽咽起來，說著，又醒鼻涕。

……寶玉在外知她傷心哭了，便急的跺腳道：「這是怎麼說！我的事情，妳在這裡幾個月，還有什麼不知道的？就便別人不肯替我告訴妳，難道妳還不叫我說，叫我憋死了不成！」說著，也嗚咽起來了。

……寶玉正在這裡傷心，忽聽背後一個人接言道：「你叫誰替你說呢？誰是誰的什麼？自己得罪了人，自己央及[12]呀。人家賞臉不賞在人家，何苦來拿我們這些沒要緊的墊喘兒[13]呢！」這一句話把裡外兩個人都嚇了一跳。你道是誰？原來卻是麝月。

寶玉自覺臉上沒趣。只見麝月又說道：「到底是怎麼著？一個陪不是，一個人又不理。你倒是快快的央及呀。噯！我們紫鵑姐姐也就太狠心了，外頭這麼怪冷的，人家央及了這半天，總連個活動氣兒也沒有。」又向寶玉道：「剛才二奶奶說了，多早晚了，打量你在那裡呢，你卻一個人站在這房檐底下做什麼？」紫鵑裡面接著說道：「這可是什麼意思呢？早就請二爺進去，有話明日說罷。這是何苦來！」

12. 央及——央告。

13. 墊喘兒——引申為供人踐踏，代人受過。同「墊踹窩」，踹窩，路面上踐踏成的坑窩。

……寶玉還要說話，因見麝月在那裡，不好再說別的，只得一面同麝月走回，一面說道：「罷了，罷了！我今生今世也難剖白這個心了！惟有老天知道罷了！」說到這裡，那眼淚也不知從何處來的，滔滔不斷了。

麝月道：「二爺，依我勸，你死了心罷。白陪眼淚也可惜了兒的。」

……寶玉也不答言，遂進了屋子。只見寶釵睡了，寶玉也知寶釵裝睡。卻是襲人說了一句道：「有什麼話，明日說不得？巴巴兒的跑那裡去鬧，鬧出——」

說到這裡，也就不肯說，遲了一遲，才接著道：「身上不覺怎麼樣？」寶玉也不言語，只搖搖頭兒，襲人一面才打發睡下。

一夜無眠，自不必說。

……這裡紫鵑被寶玉一招，越發心裡難受，直直的哭了一夜。思前想後：「寶玉的事，明知他病中不能明白，所以眾人弄鬼弄神的辦成了。後來寶玉明白了，舊病復發，常時哭想，並非忘情負義之徒。

「今日這種柔情，一發叫人難受，只可憐我們林姑娘真真是無福消受他。如此看來，人生緣分都有一定，在那未到頭時，大家都是痴心妄想。乃至無可如何，那糊塗的也就不理會了，那情深義重的也不過臨風對月，灑淚悲啼。

「可憐那死的倒未必知道，這活的真真是苦惱傷心，無休無了。算來竟不如草木石頭，無知無覺，倒也心中乾淨！」想到此處，倒把一片酸熱之心，一時冰冷了。

……才要收拾睡時，只聽東院裡吵嚷起來。未知何事，下回分解。

◎第一一四回◎

王熙鳳歷幻返金陵
甄應嘉蒙恩還玉闕

…卻說寶玉、寶釵聽說鳳姐病的危急，趕忙起來。丫頭秉燭伺候。正要出院，只見王夫人那邊打發人來說：「璉二奶奶不好了，還沒有咽氣，二爺、二奶奶且慢些過去罷。

「璉二奶奶的病有些古怪，從三更天起，到四更時候，璉二奶奶沒有住嘴，說些胡話，要船要轎的，說到金陵歸入冊子去。眾人不懂，她只是哭哭喊喊的。璉二爺沒有法兒，只得去糊了船轎，還沒拿來，璉二奶奶喘著氣等呢。叫我們過來說，等璉二奶奶去了，再過去罷。」

寶玉道：「這也奇，她到金陵做什麼？」

襲人輕輕的和寶玉說道：「你不是那年

做夢，我還記得說有多少冊子，不是璉二奶奶也到那裡去麼？」

……寶玉聽了點頭道：「是呀，可惜我都不記得那上頭的話了。這麼說起來，人都有個定數的了。但不知林妹妹又到那裡去了？我如今被妳一說，我有些懂得了。若再做這個夢時，我得細細的瞧一瞧，便有未卜先知的分兒了。」

襲人道：「你這樣的人可是不可和你說話的，偶然提了一句，你便認起真來了嗎？就算你能先知了，你有什麼法兒！」

寶玉道：「只怕不能先知，若是能了，我也犯不著為妳們瞎操心了。」

……兩個正說著，寶釵走來問道：「你們說什麼？」

寶玉恐她盤詰，只說：「我們談論鳳姐姐。」

寶釵道：「人要死了，你們還只管議論人。舊年你還說我咒人，那個籤不是應了麼？」

寶玉又想了一想，拍手道：「是的，是的。這麼說起來，妳倒能先知了。我索性問問妳，妳知道我將來怎麼樣？」

寶釵笑道：「這是又胡鬧起來了。我是就她求的籤上的話混解的，你就認了真了。你就和邢妹妹一樣的了，你失了玉，她去求妙玉扶乩，批出來的眾人不解，她還背地裡和我說妙玉怎麼前知，怎麼參禪悟道。

「如今她遭此大難，她如何自己都不知道，這可是算得前知嗎？就是我偶然說著了二奶奶的事情，其實知道她是怎麼樣了，只怕我連我自己也不知道呢。這樣下落，可不是虛誕的事，是信得的麼？」

……寶玉道：「別提她了。妳只說邢妹妹罷，自從我們這裡連連的有事，把她這件事竟忘記了。妳們家這麼一件大事，怎麼就草草的完了？也沒請親喚友的。」

寶釵道：「你這話又是迂了。我們家的親戚，只有咱們這裡和王家最近。王家沒了什麼正經人了。咱們家遭了老太太的大事，所以也沒請，就是璉二哥張羅了張羅。別的親戚，雖也有一兩門子，你沒過去，如何知道？

「算起來，我們這二嫂子的命和我差不多，好好的許了我二哥哥，我媽媽原想體體面面的給二哥哥娶這房親事的。一則為我哥哥在監裡，二哥哥也不肯大辦；二則為咱家的事；三則為我二嫂子在大太太那邊忒苦，又加著抄了家，大太太是苛刻一點的，她也實在難受。

「所以我和媽媽說了，便將將就就的娶了過去。我看二嫂子如今倒是安心樂意的孝敬我媽媽，比親媳婦還強十倍呢。待二哥哥也是極盡婦道的，和香菱又甚好，二哥哥不在家，她兩個和和氣氣的過日子。雖說是窮些，我媽媽近來倒安逸好些。就是想起我哥哥來，不免悲傷。況且常打發人家裡來要使用，多虧二哥哥在外頭賬頭兒上討來應付他的。

「我聽見說，城裡有幾處房子已經典去，還剩了一所在那裡，打算著搬去住。」

寶玉道：「為什麼要搬？住在這裡，妳來去也便宜些；若搬遠了，妳去就要一天了。」

寶釵道：「雖說是親戚，到底各自的穩便些。那裡有個一輩子住在親戚家的呢？」

……寶玉還要講出不搬去的理，王夫人打發人來說：「璉二奶奶咽了氣了，所有的人都過去了，請二爺、二奶奶就過去。」寶玉聽了，也撐不住跺腳要哭。寶釵雖也悲戚，恐寶玉傷心，便說：「有在這裡哭的，不如到那邊哭去。」

……於是兩人一直到鳳姐那裡，只見好些人圍著哭呢。寶釵走到跟前，見鳳姐已經停床，便大放悲聲。寶玉也拉著賈璉的手，大哭起來。賈璉也重新哭泣。平兒等因見無人勸解，只得含悲上來勸止了。眾人都悲哀不止。

賈璉此時手足無措，叫人傳了賴大來，叫他辦理喪事。自己回明了賈政去，然後行事。但是手頭不濟，諸事拮据。又想起鳳姐素日來的好處，更加悲哭不已；又見巧姐哭的死去活來，越發傷心。哭到天明，即刻打發人去請他大舅子王仁過來。

……那王仁自從王子騰死後，王子勝又是無能的人，任他胡為，已鬧的六親不和。今知妹子死了，只得趕著過來哭了一場。見這裡諸事將就，心下便不舒服，說：「我妹妹在你家辛辛苦苦當了好幾年家，也沒有什麼錯處，你們家該認真的發送

[1]發送才是，怎麼這時候諸事還沒有齊備？」賈璉本與王仁不睦，見他說些混帳話，知他不懂的什麼，也不大理他。

……王仁便叫了他外甥女兒巧姐過來，說：「妳娘在時，本來辦事不周到，只知道一味的奉承老太太，把我們的人都不大看在眼裡。外甥女兒，妳也大了，看見我曾經沾染過你們沒有？「如今妳娘死了，諸事要聽著舅舅的話。妳母親娘家的親戚就是我和妳二舅舅了。妳父親的為人，我也早知道的了，只有重別人，那年什麼尤姨娘死了，我雖不在京，聽見人說花了好些銀子。如今妳娘死了，妳父親倒是這樣的將就辦去嗎？妳也不快些勸勸妳父親！」

……巧姐道：「我父親巴不得要好看，只是如今比不得從前了。現在手裡沒錢，所以諸事省些是有的。」

1. 發送——辦理喪葬事務。

王仁道：「妳的東西還少麼？」

巧姐兒道：「舊年抄去，何嘗還有呢？」

王仁道：「妳也這樣說？我聽見老太太又給了好些東西，妳該拿出來。」巧姐又不好說父親用去，只推不知道。

王仁便道：「哦！我知道了，不過是妳要留著做嫁妝罷咧。」巧姐聽了，不敢回言，只氣得哽噎難鳴的哭起來了。

……平兒生氣說道：「舅老爺，有話等我們二爺進來再說。姑娘這麼點年紀，她懂得什麼！」

王仁道：「妳們是巴不得二奶奶死了，妳們就好為王了。我並不要什麼，好看些，也是你們的臉面。」說著，賭氣坐著。

巧姐滿懷的不舒服，心想：「我父親並不是沒情。我媽媽在時，舅舅不知拿了多少東西去，如今說得這樣乾淨！」於是便不大瞧得起她舅舅了。

豈知王仁心裡想來，他妹妹不知攢積了多少，雖說抄了家，那屋裡的銀子還怕少嗎？「必是怕我來纏他們，所以也幫著這麼說。這小東西兒也是不中用的。」從此，王仁也嫌了巧姐兒了。

……賈璉並不知道，只忙著弄銀錢使用。外頭的大事叫賴大辦了；裡頭也要用好些錢，一時實在不能張羅。平兒知他著急，便叫賈璉道：「二爺也別過於傷了自己的身子。」

賈璉道：「什麼身子！現在日用的錢都沒有，這件事怎麼辦？偏有個糊塗行子又在這裡蠻纏，妳想有什麼法兒！」

平兒道：「二爺也不用著急，若說沒錢使喚，我還有些東西，舊年幸虧沒有抄去，在裡頭。二爺要，就拿去當著使喚罷。」

賈璉聽了，心想：「難得這樣。」便笑道：「這樣更好，省得我各處張羅。等我銀子弄到手了還妳。」

平兒道：「我的也是奶奶給的，什麼還不還！只要這件事辦的好看些就是了。」賈璉心裡倒著實感激她，便將平兒的東西拿了去，當錢使用。諸凡事情，便與平兒商量。

……秋桐看著，心裡就有些不甘，每每口角裡頭便說：「平兒沒有了奶奶，她要上去了。我是老爺的人，她怎麼就越過我去了呢？」平兒也看出來了，只不理她。倒是賈璉一時明白，越發把秋桐嫌了，一時有些煩惱，便拿著秋桐出氣。邢夫人知道，反說賈璉不好。賈璉忍氣。不提。

……※……※……※……

……再說鳳姐停了十餘天，送了殯。賈政守著老太太的孝，總在外書房。那時清客相公漸漸的都辭去了，只有個程日興還在那裡，時常陪著說說話兒。

提起：「家運不好，一連人口死了好些，大老爺和珍大爺又在外頭，家計一天難似一天。外頭東莊地畝也不知道怎麼樣，總不得了呀！」

程日興道：「我在這裡好些年，也知道府上的人，那一個不是肥己的？一年一年都往他家裡拿，那自然府上是一年不夠一年了。又添了大老爺、珍大爺那邊兩處的費用，外頭又有些債務，前兒又破了好些財，要想衙門裡緝賊追贓，是難事。「老世翁若要安頓家事，除非傳那些管事的來，派一個心腹的人各處去清查清查，該去的去，該留的留，有了虧空，著在經手的身上賠補，這就有了數兒了。

「那一座大的園子，人家是不敢買的，這裡頭的出息也不少，又不派人管了。那年老世翁不在家，這些人就弄神弄鬼兒的，鬧的一個人不敢到園裡，這都是家人的弊。此時把下人查一查，好的使著，不好的便攆了，這才是道理。」

……賈政點頭道：「先生你所不知，不必說下人，便是自己的姪兒，也靠不住。若要我查起來，那能一一親見親知。況我又在服中，不能照管這些了。我素來又兼不大理家，有的沒的，我還摸不著呢。」

程日興道：「老世翁最是仁德的人，若在別家的，這樣的家計，就窮起來，十年五載還不怕，便向這些管家的要，也就夠了。我聽見世翁的家人還有做知縣的呢。」

……賈政道：「一個人若要使起家人們的錢來便了不得了，只好自己儉省些。但是冊子上的產業，若是實有還好，生怕有名無實了。」

程日興道：「老世翁所見極是。晚生為什麼說要查查呢？」

賈政道：「先生必有所聞。」程日興道：「我雖知道些那些管事的神通，晚生也不敢言語的。」

賈政聽了，便知話裡有因，便嘆道：「我自祖父以來，都是仁厚的，從沒有刻薄過下人。我看如今這些人一日不似一日了。在我手裡行出主子樣兒來，又叫人笑話。」

⋯⋯兩人正說著，門上的進來回道：「江南甄老爺到來了。」

賈政便問道：「甄老爺進京為什麼？」

那人道：「奴才也打聽了，說是蒙聖恩起復[2]了。」

賈政道：「不用說了，快請罷。」那人出去，請了進來。

那甄老爺即是甄寶玉之父，名叫甄應嘉，表字友忠，也是金陵人氏，功勳之後。原與賈府有親，素來走動的。因前年掛誤，革了職，動了家產。今遇主上眷念功臣，賜還世職，行取來京陛見。知道賈母新喪，特備祭禮，擇日到寄靈的地方

2.起復──舊指官員被革職後復出。

拜奠，所以先來拜望。

……賈政有服，不能遠接，在外書房門口等著。那位甄老爺一見，便悲喜交集，因在制中，不便行禮，便拉著了手，敘了些闊別思念的話，然後分賓主坐下，獻了茶，彼此又將別後事情的話說了。

賈政問道：「老親翁幾時陛見的？」甄應嘉道：「前日。」

賈政道：「主上隆恩，必有溫諭。」

甄應嘉道：「主上的恩典，真是比天還高，下了好些旨意。」

賈政道：「什麼好旨意？」

甄應嘉道：「近來越寇猖獗，海疆一帶，小民不安，派了安國公征剿賊寇。主上因我熟悉土疆，命我前往安撫，但是即日就要起身。昨日知老太太仙逝，謹備瓣香[3]至靈前拜奠，稍盡微忱。」

3. 瓣香——猶言一炷香。

……賈政即忙叩首拜謝，便說：「老親翁即此一行，必是上慰聖心，下安黎庶[4]，誠哉莫大之功，正在此行！但弟不克親睹奇才，只好遙聆捷報。現在鎮海統制是弟舍親，會時務望青照[5]。」

甄應嘉道：「老親翁與統制是什麼親戚？」

賈政道：「弟那年在江西糧道任時，將小女許配與統制少君，結褵已經三載。因海口案內未清，繼以海寇聚奸，所以音信不通。弟深念小女，俟老親翁安撫事竣後，拜懇便中請為一視。弟即修數行煩尊紀[6]帶去，便感激不盡了。」

……甄應嘉道：「兒女之情，人所不免。我正在有奉托老親翁的事。日蒙聖恩召取來京，因小兒年幼，家下乏人，將賤眷全帶來京。

「我因欽限迅速，晝夜先行，賤眷在後緩行，到京尚需時日。

4.黎庶——指黎民百姓。

5.青照——青眼照看。請人加以照料或給予照顧的客套語。

6.尊紀——您的僕人。

弟奉旨出京，不敢久留。將來賤眷到京，少不得要到尊府，定叫小犬叩見。如可進教，遇有姻事可圖之處，望乞留意為感。」

賈政一一答應。那甄應嘉又說了幾句話，就要起身，說：「明日在城外再見。」賈政見他事忙，諒難再坐，只得送出書房。

……賈璉、寶玉早已伺候在那裡代送，因賈政未叫，不敢擅入。甄應嘉出來，兩人上去請安。

應嘉一見寶玉，呆了一呆，心想：「這個怎麼甚像我家寶玉？只是渾身縞素。」因問：「至親久闊，爺們都不認得了。」

賈政忙指賈璉道：「這是家兄名赦之子璉二姪兒。」

又指著寶玉道：「這是第二小犬，名叫寶玉。」

應嘉拍手道奇：「我在家聽見說老親翁有個銜玉生的愛子，名叫寶玉。因與小兒同名，心中甚為罕異。後來想著這個也是常有的事，不在意了。豈知今日一見，不但面貌相同，且舉止一般，這更奇了。」問起年紀，比這裡的哥兒略小一歲。

……賈政便因提起承屬包勇，問及「令郎哥兒與小兒同名」的話述了一遍。應嘉因屬意寶玉，也不暇問及那包勇的得妥，只連連的稱道：「真真罕異！」因又拉了寶玉的手，極致殷勤。又恐安國公起身甚速，急須預備長行，勉強分手徐行。賈璉、寶玉送出，一路又問了寶玉好些的話。及至登車去後，賈璉、寶玉回來見了賈政，便將應嘉問的話回了一遍。賈政命他二人散去。

……賈璉又去張羅，算明鳳姐喪事的賬目。寶玉回到自己房中，告訴了寶釵，說是：「常提的甄寶玉，我想一見不能，今日倒先見了他父親了。我還聽得說他家寶玉也不日要到京了，要來拜望我老爺呢。

「又人人說和我一模一樣的，我只不信。若是他後兒到了咱們這裡來，妳們都去瞧去，看他果然和我像不像。」

寶釵聽了道：「噯，你說話怎麼越發不留神了？什麼男人同你一樣都說出來了，還叫我們瞧去嗎！」

……寶玉聽了，知是失言，臉上一紅，連忙的還要解說。不知何話，下回分解。

◎第一一五回◎

惑偏私惜春矢素志
證同類寶玉失相知

……話說寶玉為自己失言，被寶釵問住，想要掩飾過去，只見秋紋進來說：「外頭老爺叫二爺呢。」寶玉巴不得一聲，便走了。

去到賈政那裡，賈政道：「我叫你來不為別的，現在你穿著孝，不便到學裡去，你在家裡，必要將你念過的文章溫習溫習。我這幾天倒也閒著，隔兩三日要做幾篇文章我瞧瞧，看你這些時進益了沒有。」寶玉只得答應著。

賈政又道：「你環兄弟、蘭姪兒我也叫他們溫習去了。倘若你作的文章不好，反倒不及他們，那可就不成事了。」寶玉不敢言語，答應了個「是」，站著不動。

賈政道：「去罷。」寶玉退了出來，正撞見賴大諸人拿著些冊子進來。

……寶玉一溜煙回到自己房中，寶釵問了，知道叫他作文章，倒也喜歡。惟有寶玉不願意，也不敢怠慢。正要坐下靜靜心，見有兩個姑子進來，寶玉看是地藏庵的，來和寶釵說：「請二奶奶安。」

寶釵待理不理的說：「妳們好？」

因叫人來：「倒茶給師父們喝。」

寶玉原要和那姑子說話，見寶釵似乎厭惡這些，也不好兜搭[1]。

那姑子知道寶釵是個冷人，也不久坐，辭了要去。

寶釵道：「再坐坐去罷。」

那姑子道：「我們因在鐵檻寺做了功德，好些時沒來請太太、奶奶們的安，今日來了，見過了奶奶、太太們，還要看四姑

1. 兜搭——交談。

娘呢。」寶釵點頭，由她去了。

……那姑子便到惜春那裡，見了彩屏，說：「姑娘在那裡呢？」

彩屏道：「不用提了。姑娘這幾天飯都沒吃，只是歪著。」

那姑子道：「為什麼？」

彩屏道：「說也話長。妳見了姑娘，只怕她便和妳說了。」

惜春早已聽見，急忙坐起來，說：「妳們兩個人好啊！見我們家事差了，便不來了。」

那姑子道：「阿彌陀佛！有也是施主，沒也是施主，別說我們是本家庵裡的，受過老太太多少恩惠呢！如今老太太的事，太太、奶奶們都見了，只沒有見姑娘，心裡惦記，今兒是特特的來瞧姑娘來的。」

……惜春便問起水月庵的姑子來。那姑子道：「她們庵裡鬧了些事，如今門上也不肯常放進來了。」便問惜春道：「前兒聽見說，櫳翠庵的妙師父怎麼跟了人去了？」

惜春道：「那裡的話！說這個話的人提防著割舌頭。人家遭了強盜搶去，怎麼還說這樣的壞話！」

那姑子道：「妙師父的為人怪僻，只怕是假惺惺罷？在姑娘面前，我們也不好說的。那裡像我們這些粗夯[2]人，只知道諷經念佛[3]，給人家懺悔，也為著自己修個善果。」

……惜春道：「怎麼樣就是善果呢？」

那姑子道：「除了咱們家這樣善德人家兒不怕，若是別人家，那些誥命夫人、小姐，也保不住一輩子的榮華。到了苦難來了，可就救不得了。只有個觀世音菩薩大慈大悲，遇見人家有苦難的，就慈心發動，設法兒救濟。為什麼如今都說『大慈大悲救苦救難的觀世音菩薩』呢！

2. 粗夯——粗笨。

3. 諷經念佛——同誦經念佛。

「我們修了行的人，雖說比夫人、小姐們苦多著呢，只是沒有險難的了。雖不能成佛作祖，修修來世或者轉個男身，自己也就好了。不像如今脫生了個女人胎子，什麼委曲煩難都說不出來。

「姑娘，妳還不知道呢，要是人家姑娘們出了門子，這一輩子跟著人，是更沒法兒的。若說修行，也只要修得真。那妙師父自為才情比我們強，她就嫌我們這些人俗，豈知俗的才能得善緣呢，她如今到底是遭了大劫了。」

……惜春被那姑子一番話說得合在機上，也顧不得丫頭們在這裡，便將尤氏待她怎樣，前兒看家的事說了一遍，並將頭髮指給她瞧，道：「妳打量我是什麼沒主意戀火坑的人麼？早有這樣的心，只是想不出道兒來。」

那姑子聽了，假作驚慌道：「姑娘再別說這個話！珍大奶奶聽見，還要罵殺我們，攆出庵去呢！姑娘這樣人品，這樣人家，將來配個好姑爺，享一輩子的榮華富貴。」

惜春不等說完，便紅了臉，說：「珍大奶奶攆得妳，我就攆不得麼？」

那姑子知是真心，便索性激她一激，說道：「姑娘別怪我們說錯了話，太太、奶奶們那裡就依得姑娘的性子呢？那時，鬧出沒意思來，倒不好。我們倒是為姑娘的話。」

惜春道：「這也瞧罷咧。」

彩屏等聽這話頭不好，便使個眼色兒給姑子，叫她去。那姑子會意，本來心裡也害怕，不敢挑逗，便告辭出去。惜春也不留她，便冷笑道：「打量天下就是妳們一個地藏庵麼！」那姑子也不敢答言，去了。

……彩屏見事不妥，恐擔不是，悄悄的去告訴了尤氏說：「四姑娘絞頭髮的念頭還沒有息呢。她這幾天不是病，竟是怨命。奶奶提防些，別鬧出事來，那會子歸罪我們身上。」尤氏道：「她那裡是為要出家，她為的是大爺不在家，安心和我過不去，也只好由她罷了。」彩屏等沒法，也只好常常勸解。豈知惜春一天一天的不吃飯，只想絞頭髮。彩屏等吃不住，只得到各處告訴。邢、王二夫人等也都勸了好幾次，怎奈惜春執迷不解。

※　※　※

……邢、王二夫人正要告訴賈政，只聽外頭傳進來說：「甄家的太太帶了他們家的寶玉來了。」眾人急忙接出，便在王夫人處坐下。眾人行禮，敍些溫寒，不必細述。只言王夫人提起甄寶玉與自己的寶玉無二，要請甄寶玉一見。

傳話出去，回來說道：「甄少爺在外書房同老爺說話，說的投了機了，打發人來請我們二爺、三爺，還叫蘭哥兒，在外頭吃飯，吃了飯進來。」說畢，裡頭也便擺飯。不題。

……且說賈政見甄寶玉相貌果與寶玉一樣，試探他的文才，竟應對如流，甚是心敬，故叫寶玉等三人出來，警勵他們；再者，到底叫寶玉來比一比。寶玉聽命，穿了素服，帶了兄弟、姪兒出來，見了甄寶玉，竟是舊相識一般。那甄寶玉也像那裡見過的。兩人行了禮，然後賈環、賈蘭相見。

本來賈政席地而坐，要讓甄寶玉在椅子上坐。甄寶玉因是晚輩，不敢上坐，就在地下鋪了褥子坐下。如今寶玉等出來，又不能同賈政一處坐著，為甄寶玉又是晚一輩，又不好叫寶玉等站著。

賈政知是不便，站著又說了幾句話，叫人擺飯，說：「我失陪，叫小兒輩陪著，大家說說話兒，好叫他們領領大教。」甄寶玉遜謝道：「老伯大人請便，姪兒正欲領世兄們的教呢。」賈政回復了幾句，便自往內書房去。那甄寶玉反要送出來，賈政攔住。寶玉等先搶了一步，出了書房門檻站立著，看賈政進去，然後進來讓甄寶玉坐下。彼此套敘了一回，諸如久慕竭想的話，也不必細述。

……且說賈寶玉見了甄寶玉，想到夢中之景，並且素知甄寶玉為人，必是和他同心，以為得了知己。因初次見面，不便造次。且又賈環、賈蘭在坐，只有極力誇讚說：「久仰芳名，無由親炙[4]，今日見面，真是謫仙一流的人物。」那甄寶玉素來也知賈寶玉的為人，今日一見，果然不差，「只是可與我共學，不可與你適道[5]。他既和我同名同貌，也

4.親炙——指直接受到傳授、教導。

5.可與共學，不可適道——可以一起學習的人，未必可以一起學到道。

是三生石上的舊精魂了。既我略知了些道理，怎麼不和他講講？但是初見，尚不知他的心與我同不同，只好緩緩的來。」

便道：「世兄的才名，弟所素知的。在世兄是數萬人的裡頭選出來最清最雅的，在弟是庸庸碌碌一等愚人，忝附同名，殊覺玷辱了這兩個字。」

……賈寶玉聽了，心想：「這個人果然同我的心一樣的。但是你我都是男人，不比那女孩兒們清潔，怎麼他拿我當作女孩兒看待起來？」

便道：「世兄謬贊，實不敢當。弟是至濁至愚，只不過一塊頑石耳，何敢比世兄品望高清，實稱此兩字。」

甄寶玉道：「弟少時不知分量，自謂尚可琢磨。豈知家遭消索[6]，數年來更比瓦礫猶賤，雖不敢說歷盡甘苦，然世道人情

6. 消索——寂寞冷落。

略略的領悟了好些。世兄是錦衣玉食，無不遂心的，必是文章經濟高出人上，所以老伯鍾愛，將為席上之珍。弟所以才說尊名方稱。」

……賈寶玉聽這話頭，又近了祿蠹[7]的舊套，想話回答。賈環見未與他說話，心中早不自在。倒是賈蘭聽了這話，甚覺合意，便說道：「世叔所言固是太謙，若論到文章經濟，實在從歷練中出來的方為真才實學。在小姪年幼，雖不知文章為何物，然將讀過的，細味起來，那膏粱文繡[8]比著令聞廣譽[9]，真是不啻百倍的了。」

……甄寶玉未及答言，賈寶玉聽了蘭兒的話，心裡越發不合，想道：「這孩子從幾時也學了這一派酸論。」

便說道：「弟聞得世兄也詆盡流俗，性情中另有一番見解。今

7. **祿蠹**——竊食俸祿的蛀蟲。喻指貪求官位俸祿的人。

8. **膏粱文繡**——指富貴人家的奢華生活。亦泛指精細貴重的東西。

9. **令聞廣譽**——美好的名聲，很大的榮譽。

日弟幸會芝範[10]，想欲領教一番超凡入聖的道理，從此可以淨洗俗腸，重開眼界。不意視弟為蠢物，所以將世路的話來酬應。」

甄寶玉聽說，心裡曉得：「他知我少年的性情，所以疑我為假。我索性把話說明，或者與我作個知心朋友，也是好的。」便說道：「世兄高論，固是真切。但弟少時也曾深惡那些舊套陳言，只是一年長似一年，家君致仕在家，懶於酬應，委弟接待。

「後來見過那些大人先生，盡都是顯親揚名的人；便是著書立說，無非言忠言孝，自有一番立德立言的事業，方不枉生在聖明之時，也不致負了父親師長養育教誨之恩，所以把少時那一派迂想痴情，漸漸的淘汰了些。如今尚欲訪師覓友，教導愚蒙，幸會世兄，定當有以教我。適才所言，並非虛意。」

10. **芝範**——喻德行高尚。芝，古指香草。範指風範。

…賈寶玉愈聽愈不耐煩，又不好冷淡，只得將言語支吾。幸喜裡頭傳出話來說：「若是外頭爺們吃了飯，請甄少爺裡頭去坐呢。」寶玉聽了，趁勢便邀甄寶玉進去。那甄寶玉依命前行，賈寶玉等陪著來見王夫人。

…賈寶玉見是甄太太上坐，便先請過了安，賈環、賈蘭也見了。甄寶玉也請了王夫人的安。兩母兩子，互相廝認。雖是賈寶玉是娶過親的，那甄夫人年紀已老，又是老親，因見賈寶玉的相貌身材與他兒子一般，不禁親熱起來。王夫人更不用說，拉著甄寶玉問長問短，覺得比自己家的寶玉老成些。回看賈蘭，也是清秀超群的，雖不能像兩個寶玉的形像，也還隨得上。只有賈環粗夯，未免有偏愛之色。

…眾人一見兩個寶玉在這裡，都來瞧看，說道：「真真奇事！

名字同了也罷，怎麼相貌身材都是一樣的。虧得是我們寶玉穿孝，若是一樣的衣服穿著，一時也認不出來。」內中紫鵑一時痴意發作，便想起黛玉來，心裡說道：「可惜林姑娘死了，若不死時，就將那甄寶玉配了她，只怕也是願意的。」

……正想著，只聽得甄夫人道：「前日聽得我們老爺回來說，我們寶玉年紀也大了，求這裡老爺留心一門親事。」王夫人正愛甄寶玉，順口便說道：「我也想要與令郎作伐[11]。我家有四個姑娘，那三個都不用說，死的死，嫁的嫁了。還有我們珍大姪兒的妹子，只是年紀過小幾歲，恐怕難配。倒是我們大媳婦的兩個堂妹子，生得人才齊整，二姑娘呢，已經許了人家，三姑娘正好與令郎為配。過一天，我給令郎作媒。但是她家的家計如今差些。」

11. 作伐——指為人作媒。

甄夫人道：「太太這話又客套了。如今我們家還有什麼？只怕人家嫌我們窮罷了。」

王夫人道：「現今府上復又出了差，將來不但復舊，必是比先前更要鼎盛起來。」

甄夫人笑著道：「但願依著太太的話更好。這麼著就求太太作個保山[12]。」

12.保山—此指媒人。

…甄寶玉聽她們說起親事，便告辭出來。賈寶玉等只得陪著來到書房。見賈政已在那裡，復又立談幾句。聽見甄家的人來回甄寶玉道：「太太要走了，請爺回去罷。」於是甄寶玉告辭出來。賈政命寶玉、環、蘭相送。不提。

…且說寶玉自那日見了甄寶玉之父，知道甄寶玉來京，朝夕盼望。今兒見面，原想得一知己，豈知談了半天，竟有些冰炭不投[13]。悶悶的回到自己房中，也不言，也不笑，只管發怔。

寶釵便問：「那甄寶玉果然像你麼？」

寶玉道：「相貌倒還是一樣的。只是言談間看起來，並不知道什麼，不過也是個祿蠹[14]。」

寶釵道：「你又編派人家了。怎麼就見得也是個祿蠹呢？」

寶玉道：「他說了半天，並沒個明心見性之談，不過說些什麼文章經濟，又說什麼為忠為孝，這樣人可不是個祿蠹麼？只可惜他也生了這樣一個相貌。我想來，有了他，我竟要連我這個相貌都不要了。」

寶釵見他又發呆話，便說道：「你真真說出句話來叫人發笑，這相貌怎麼能不要呢？況且人家這話是正理，做了一個男人，原該要立身揚名的，誰像你一味的柔情私意。不說自己沒有剛烈，倒說人家是祿蠹。」

13. 冰炭不投——比喻彼此合不來。

14. 祿蠹——竊食俸祿的蛀蟲。喻指貪求官位俸祿的人。

…寶玉本聽了甄寶玉的話，甚不耐煩，又被寶釵搶白了一場，心中更加不樂，悶悶昏昏，不覺將舊病又勾起來了，並不言語，只是傻笑。寶釵不知，只道是「我的話錯了，他所以冷笑」，也不理他。豈知那日便有些發呆，襲人等慪他，也不言語。過了一夜，次日起來，只是發呆，竟有前番病的樣子。

…一日，王夫人因為惜春定要絞髮出家，尤氏不能攔阻，看著惜春的樣子是若不依她必要自盡的，雖然晝夜著人看著，終非常事，便告訴了賈政。賈政嘆氣跺腳，只說：「東府裡不知幹了什麼，鬧到如此地位！」叫了賈蓉來說了一頓，叫他去和她母親說：「認真勸解勸解。若是必要這樣，就不是我們家的姑娘了。」

…豈知尤氏不勸還好，一勸了，更要尋死，說：「做了女孩兒，終不能在家一輩子的，若像二姐姐一樣，老爺、太太們倒要煩心，況且死了。如今譬如我死了似的，放我出了家，乾乾淨淨的一輩子，就是疼我了。

「況且我又不出門，就是櫳翠庵原是咱們家的基址，我就在那裡修行。我有什麼，妳們也照應得著。現在妙玉的當家的在那裡。你們依我呢，我就算得了命了；若不依我呢，我也沒法，只有死就完了。

「我如若遂了自己的心願，那時哥哥回來，我和他說，並不是妳們逼著我的，若說我死了，未免哥哥回來，倒說妳們不容我。」尤氏本與惜春不合，聽她的話，也似乎有理，只得去回王夫人。

…王夫人已到寶釵那裡，見寶玉神魂失所，心下著忙，便說襲人道：「妳們忒不留神，二爺犯了病，也不來回我。」

襲人道：「二爺的病原來是常有的，一時好，一時不好。天天到太太那裡，仍舊請安去，原是好好兒的，今兒才發糊塗些。二奶奶正要來回太太，恐防太太說我們大驚小怪。」

寶玉聽見王夫人說她們，心裡一時明白，恐她們受委屈，便說道：「太太放心，我沒什麼病，只是心裡覺著有些悶悶的。」

……王夫人道：「你是有這病根子，早說了，好請大夫瞧瞧，吃兩劑藥好了不好？若再鬧到頭裡丟了玉的時候似的，就費事了。」

寶玉道：「太太不放心，便叫個人來瞧瞧，我就吃藥。」

王夫人便叫丫頭傳話出來請大夫。這一個心思都在寶玉身上，便將惜春的事忘了。遲了一回，大夫看了，服藥。王夫人回去。

⋯⋯過了幾天，寶玉更糊塗了，甚至於飯食不進，大家著急起來。恰又忙著脫孝，家中無人，又叫了賈芸來照應大夫。賈璉家下無人，請了王仁來在外幫著料理。那巧姐兒是日夜哭母，也是病了。所以榮府中又鬧得馬仰人翻。

⋯⋯一日，又當脫孝來家，王夫人親身又看寶玉，見寶玉人事不醒，急得眾人手足無措。一面哭著，一面告訴賈政說：「大夫回了，不肯下藥，只好預備後事。」

賈政嘆氣連連，只得親自看視，見其光景果然不好，便又叫賈璉辦去。賈璉不敢違拗，只得叫人料理。手頭又短，正在為難，只見一個人跑進來說：「二爺，不好了！又有饑荒來了。」

⋯⋯賈璉不知何事，這一唬非同小可，瞪著眼說道：「什麼事？」

那小廝道：「門上來了一個和尚，手裡拿著二爺的這塊丟的玉，說要一萬賞銀。」

賈璉照臉啐道：「我打量什麼事，這樣慌張！前番那假的你不知道麼？就是真的，現在人要死了，要這玉做什麼！」

小廝道：「奴才也說了，那和尚說給他銀子就好了。」

又聽著外頭嚷進來說：「這和尚撒野，各自跑進來了，眾人攔他攔不住。」

賈璉道：「那裡有這樣怪事？你們還不快打出去呢！」

正鬧著，賈政聽見了，也沒了主意了。裡頭又哭出來，說：「寶二爺不好了！」賈政益發著急。

只見那和尚嚷道：「要命拿銀子來！」

賈政忽然想起：「頭裡寶玉的病是和尚治好的，這會子和尚來，或者有救星。但是這玉倘或是真，他要起銀子來，怎麼樣呢？」

想了一想：「姑且不管他，果真人好了再說。」

……賈政叫人去請，那和尚已進來了，也不施禮，也不答話，便往裡就跑。賈璉拉著道：「裡頭都是內眷，你這野東西混跑什麼！」

那和尚道：「遲了就不能救了！」

賈璉急得一面走，一面亂嚷道：「裡頭的人不要哭了，和尚進來了！」

王夫人等只顧著哭，那裡理會。賈璉走近來又嚷，王夫人等回過頭來，見一個長大的和尚，唬了一跳，躲避不及。

那和尚直走到寶玉炕前，寶釵避過一邊，襲人見王夫人站著，不敢走開。只見那和尚道：「施主們，我是送玉來的。」說著，把那塊玉擎著道：「快把銀子拿出來！我好救他。」

王夫人等驚惶無措，也不擇真假，便說道：「若是救活了人，銀子是有的。」

那和尚笑道：「拿來！」

王夫人道：「你放心，橫豎折變得出來。」

和尚哈哈大笑，手拿著玉在寶玉耳邊叫道：「寶玉，寶玉！你的寶玉回來了。」

說了這一句，王夫人等見寶玉把眼一睜。襲人說道：「好了！」

只見寶玉便問道：「在那裡呢？」那和尚把玉遞給他手裡。

寶玉先前緊緊的攥著，後來慢慢的得過手來，放在自己眼前細細的一看，說：「噯呀，久違了！」裡外眾人都喜歡的念佛，連寶釵也顧不得有和尚了。賈璉也走過來一看，果見寶玉回過來了，心裡一喜，疾忙躲出去了。

⋯那和尚也不言語，趕來拉著賈璉就跑。賈璉只得跟著，到了前頭，趕著告訴賈政。賈政聽了喜歡，即找和尚施禮叩謝。

和尚還了禮坐下。賈璉心下狐疑：「必是要了銀子才走。」

賈政細看那和尚，又非前次見的，便問：「寶剎[15]何方？法師大號？這玉是那裡得的？怎麼小兒一見便會活過來呢？」

那和尚微微笑道：「我也不知道，只要拿一萬銀子來就完了。」

賈政見這和尚粗魯，也不敢得罪，便說：「有。」

和尚道：「有便快拿來罷，我要走了。」

賈政道：「略請少坐，待我進內瞧瞧。」

和尚道：「你去，快出來才好。」

⋯賈政果然進去，也不及告訴，便走到寶玉炕前。寶玉見是父親來，欲要爬起，因身子虛弱，起不來。王夫人按著說道：「不要動。」

寶玉笑著，拿這玉給賈政瞧，道：「寶玉來了。」

賈政略略一看，知道此事有些根源，也不細看，便和王夫人道：

15. 寶剎——對佛教寺院的美稱。

「寶玉好過來了。這賞銀怎麼樣？」

王夫人道：「盡著我所有的折變了給他就是了。」

寶玉道：「只怕這和尚不是要銀子的罷？」

賈政點頭道：「我也看來古怪，但是他口口聲聲的要銀子。」

王夫人道：「老爺出去先款留著他再說。」

……賈政出來，寶玉便嚷餓了，喝了一碗粥還說要飯。婆子們果然取了飯來，王夫人還不敢給他吃。

寶玉說：「不妨的，我已經好了。」便爬著吃了一碗，漸漸的神氣果然好過來了，便要坐起來。

麝月上去輕輕的扶起，因心裡喜歡，忘了情，說道：「真是寶貝！才看見了一會兒，就好了。虧的當初沒有砸破！」

……寶玉聽了這話，神色一變，把玉一撂，身子往後一仰。未知死活，下回分解。

◎第一一六回◎

得通靈幻境悟仙緣
送慈柩故鄉全孝道

……話說寶玉一聽麝月的話，身往後仰，復又死去，急得王夫人等哭叫不止。麝月自知失言致禍，此時王夫人等也不及說她。那麝月一面哭著，一面打定主意，心想：「若是寶玉一死，我便自盡，跟了他去！」

……不言麝月心裡的事，且言王夫人等見叫不回來，趕著叫人出來找和尚救治。豈知賈政進內出去時，那和尚已不見了。

……賈政正在詫異，聽見裡頭又鬧，急忙進來，見寶玉又是先前的樣子，口關緊閉，脈息全無。用手在心窩中一摸，尚是溫熱。賈政只得急忙請醫灌藥救治。

……那知那寶玉的魂魄早已出了竅了。你道死了不成？卻原來恍恍惚惚趕到前廳，見那送玉的和尚坐著，便施了禮。那知和尚站起身來，拉著寶玉就走。寶玉跟了和尚，覺得身輕如葉，飄飄搖搖，也沒出大門，不知從那裡走了出來。行了一程，到了個荒野地方，遠遠的望見一座牌樓，好像曾到過的。正要問那和尚時，只見恍恍惚惚來了一個女人。寶玉心裡想道：「這樣曠野地方，那得有如此的麗人，必是神仙下界了。」寶玉想著，走近前來，細細一看，竟有些認得的，只是一時想不起來。見那女人和和尚打了一個照面，就不見了。寶玉一想，竟是尤三姐的樣子，越發納悶：「怎麼她也在這裡？」又要問時，那和尚拉著寶玉過了那牌樓，只見牌上寫著「真如福地」四個大字，兩邊一副對聯，乃是：

假去真來真勝假，
無原有是有非無。

轉過牌坊，便是一座宮門。門上橫書四個大字道：「福善禍淫」。又有一副對子，大書云：

過去未來，莫謂智賢能打破；
前因後果，須知親近不相逢。

寶玉看了，心下想道：「原來如此！我倒要問問因果來去的事了。」這麼一想，只見鴛鴦站在那裡，招手兒叫他。寶玉想道：「我走了半日，原不曾出園子，怎麼改了樣子了呢？」趕著要和鴛鴦說話，豈知一轉眼便不見了，心裡不免疑惑起來。走到鴛鴦站的地方兒，乃是一溜配殿[1]，各處都

1. **配殿**—宮殿或寺廟正殿兩旁的偏殿。

有匾額。寶玉無心去看，只向鴛鴦立的所在奔去。

……見那一間配殿的門半掩半開，寶玉也不敢造次[2]進去，心裡正要問那和尚一聲，回過頭來，和尚早已不見了。

2. 造次——倉促，莽撞。

寶玉恍惚，見那殿宇巍峨，絕非大觀園景象，便立住腳，抬頭看那匾額上寫道：「引覺情痴」。兩邊寫的對聯道：

喜笑悲哀都是假，
貪求思慕總因痴。

寶玉看了，便點頭嘆息。想要進去找鴛鴦，問她是什麼所在。細細想來，甚是熟識，便仗著膽子推門進去。滿屋一瞧，並不見鴛鴦，裡頭只是黑漆漆的。心下害怕，正要退出，見有十數個大櫥，櫥門半掩。

……寶玉忽然想起：「我少時做夢曾到過這個地方。如今能夠親身到此，也是大幸。」恍惚間，把找鴛鴦的念頭忘了。便壯著膽把上首的大櫥開了櫥門一瞧，見有好幾本冊子。

心裡更覺喜歡，想道：「大凡人做夢說是假的，豈知有這夢便有這事。我常說還要做這個夢，再不能的，不料今兒被我找著了。但不知那冊子是那個見過的不是？」伸手在上頭取了一本，冊上寫著《金陵十二釵正冊》。

寶玉拿著一想，道：「我恍惚記得是那個，只恨記不得清楚。」便打開頭一頁看去。見上頭有畫，但是畫跡模糊，再瞧不出來。後面有幾行字跡，也不清楚，尚可摹擬，便細細的看去，見有什麼「玉帶」，上頭有個好像「林」字，心裡想道：「不要是說林妹妹罷？」

便認真看去，底下又有「金簪雪裡」四字，詫異道：「怎麼又像她的名字呢？」復將前後四句合起來一念，道：「也沒有什麼道理，只是暗藏著她兩個名字，並不為奇。獨有那『憐』字『嘆』字不好。這是怎麼解？」

想到那裡，又自啐道：「我是偷著看，若只管呆想起來，倘有人來，又看不成了。」

……遂往後看去，也無暇細玩那畫圖，只從頭看去。看到尾兒，有幾句詞，什麼「相逢大夢歸」一句，便恍然大悟道：「是了！果然機關不爽，這必是元春姐姐了。若都是這樣明白，我要抄了去細玩起來，那些姊妹們的壽夭窮通，沒有不知的了。我回去自不肯洩漏，只做一個未卜先知的人，也省了多少閒想。」又向各處一瞧，並沒有筆硯，又恐人來，只得忙著看去。

……只見圖上影影有一個放風箏的人兒，也無心去看。急急的將那十二首詩詞都看遍了。也有一看便知的，也有一想便得的，也有不大明白的，心下牢牢記著。一面嘆息，一面又取那《金陵又副冊》一看，看到「堪羨優伶有福，誰知公子無緣」，先前不懂，見上面尚有花席的影子，便大驚痛哭起來。

……待要往後再看，聽見有人說道：「你又發呆了！林妹妹請你呢。」好似鴛鴦的聲氣，回頭卻不見人。心中正自驚疑，忽鴛鴦在門外招手。寶玉一見，喜得趕出來。

但見鴛鴦在前，影影綽綽的走，只是趕不上。寶玉叫道：「好姐姐！等等我。」那鴛鴦並不理，只顧前走。寶玉無奈，盡力趕去。忽見別有一洞天，樓閣高聳，殿角玲瓏，且有好些宮女隱約其間。寶玉貪看景致，竟將鴛鴦忘了。

寶玉順步走入一座宮門，內有奇花異卉，都也認不明白。惟有白石花闌圍著一棵青草，葉頭上略有紅色，但不知是何名草，這樣矜貴。只見微風動處，那青草已搖擺不休，雖說是一枝小草，又無花朵，其嫵媚之態，不禁心動神怡，魂消魄喪。

……寶玉只管呆呆的看著，只聽見旁邊有一人說道：「你是那裡來的蠢物，在此窺探仙草？」

寶玉聽了，吃了一驚，回頭看時，卻是一位仙女，便施禮道：「我找鴛鴦姐姐，誤入仙境，恕我冒昧之罪！請問神仙姐姐，這裡是何地方？怎麼我鴛鴦姐姐到此，還說是林妹妹叫我？望乞明示。」

那人道：「誰知你的姐姐妹妹！我是看管仙草的，不許凡人在此逗留。」

寶玉欲待要出來，又捨不得，只得央告道：「神仙姐姐，既是那管理仙草的，必然是花神姐姐了。但不知這草有何好處？」

那仙女道：「你要知道這草，說起來話長著呢。那草本在靈河岸上，名曰絳珠草。因那時萎敗，幸得一個神瑛侍者日以甘露灌溉，得以長生。後來降凡歷劫，還報了灌溉之恩，今返歸真境。所以警幻仙子命我看管，不令蜂纏蝶戀。」

……寶玉聽了不解，一心疑定必是遇見了花神了，今日斷不可當面錯過，便問：「管這草的是神仙姐姐了。還有無數名花，必有專管的，我也不敢煩問，只有看管芙蓉花的是那位神仙？」

那仙女道：「我卻不知，除是我主人方曉。」

寶玉便問道：「姐姐的主人是誰？」

那仙女道：「我主人是瀟湘妃子。」

寶玉聽道：「是了！妳不知道這位妃子就是我的表妹林黛玉。」

那仙女道：「胡說！此地乃上界神女之所，雖號為瀟湘妃子，並不是娥皇、女英之輩，何得與凡人有親？你少來混說，瞧著叫力士打你出去。」

寶玉聽了發怔，只覺自形穢濁，正要退出，又聽見有人趕來，說道：「裡面叫請神瑛侍者。」

那人道：「我奉命等了好些時，總不見有神瑛侍者過來，你叫我那裡請去？」

那一個笑道：「才退去的不是麼？」

那侍女慌忙趕出來，說：「請神瑛侍者回來。」

寶玉只道是問別人，又怕被人追趕，只得踉蹌而逃。

……正走時，只見一人手提寶劍，迎面攔住，說：「哪裡走！」唬得寶玉驚慌無措。仗著膽抬頭一看，卻不是別人，就是尤三姐。

寶玉見了，略定些神，央告道：「姐姐，怎麼妳也來逼起我來了？」

那人道：「你們弟兄沒有一個好人，敗人名節，破人婚姻。今兒你到這裡，是不饒你的了！」

寶玉聽去話頭不好，正自著急，只聽後面有人叫道：「姐姐，快快攔住！不要放他走了。」

尤三姐道：「我奉妃子之命，等候已久，今兒見了，必定要一劍斬斷你的塵緣。」寶玉聽了，益發著忙，又不懂這些話到底是什麼意思，只得回頭要跑。

……豈知身後說話的並非別人，卻是晴雯。寶玉一見，悲喜交集，便說：「我一個人走迷了道兒，遇見仇人，我要逃回，卻不見妳們一人跟著我。如今好了，晴雯姐姐，快快的帶我回家去罷。」

晴雯道：「侍者不必多疑，我非晴雯，我是奉妃子之命，特來請你一會，並不難為你。」

寶玉滿腹狐疑，只得問道：「姐姐說是妃子叫我，那妃子究是何人？」

晴雯道：「此時不必問，到了那裡，自然知道。」

寶玉沒法，只得跟著走。細看那人背後舉動，恰是晴雯：「那面目聲音是不錯的了，怎麼她說不是？我此時心裡模糊。且別管她，到了那邊，見了妃子，就有不是，那時再求她。到底女人的心腸是慈悲的，必是恕我冒失。」

……正想著，不多時到了一個所在。只見殿宇精致，色彩輝煌，庭中一叢翠竹，戶外數本蒼松。廊檐下立著幾個侍女，都是宮妝打扮，見了寶玉進來，便悄悄的說道：「這就是神瑛侍者麼？」

引著寶玉的說道：「就是。妳快進去通報罷。」有一侍女笑著招手，寶玉便跟著進去。過了幾層房舍，見一正房，珠簾高掛。那侍女說：「站著候旨。」寶玉聽了，也不敢則聲，只得在外等著。

那侍女進去不多時，出來說：「請侍者參見。」又有一人捲起珠簾。只見一女子，頭戴花冠，身穿繡服，端坐在內。寶玉略一抬頭，見是黛玉的形容，便不禁的說道：「妹妹在這裡！叫我好想。」

那簾外的侍女悄詫道：「這侍者無禮，快快出去！」說猶未了，又見一個侍兒將珠簾放下。

……寶玉此時欲待進去又不敢，要走又不捨。待要問明，見那些侍女並不認得，又被驅逐，無奈出來。心想要問晴雯，回頭四顧，並不見有晴雯。心下狐疑，只得怏怏出來，又無人引著，正欲找原路而去，卻又找不出舊路了。

……正在為難，見鳳姐站在一所房檐下招手。寶玉看見，喜歡道：「可好了！原來回到自己家裡了。我怎麼一時迷亂如此？」急奔前來說：「姐姐在這裡麼，我被這些人捉弄到這個分兒，林妹妹又不肯見我，不知何原故？」說著，走到鳳姐站的地方，細看起來，並不是鳳姐，原來卻是賈蓉的前妻秦氏。寶玉只得立住腳，要問鳳姐姐在那裡。那秦氏也不答言，竟自往屋裡去了。

……寶玉恍恍惚惚的又不敢跟進去，只得呆呆的站著，嘆道：「我今兒得了什麼不是，眾人都不理我。」便痛哭起來。見有幾個黃巾力士[3]執鞭趕來，說是：「何處男人敢闖入我們

3. 黃巾力士——道教傳說中在上界值勤的神將。東漢末年，太平道首領張角等發動農民起義，全軍皆以黃巾裹頭，後來道教徒關於天界的傳說中就出現了「黃巾力士」的形象。

這天仙福地來，快走出去！」寶玉聽得，不敢言語。正要尋路出來，遠遠望見一群女子說笑前來。寶玉看時，又像有迎春等一干人走來，心裡喜歡，叫道：「我迷住在這裡，妳們快來救我！」正嚷著，後面力士趕來。寶玉急得往前亂跑，忽見那一群女子都變作鬼怪形象，也來追撲。

……寶玉正在情急，只見那送玉來的和尚，手裡拿著一面鏡子一照，說道：「我奉元妃娘娘旨意，特來救你。」登時鬼怪全無，仍是一片荒郊。

寶玉拉著和尚說道：「我記得是你領我到這裡，你一時又不見了。看見了好些親人，只是都不理我，忽又變作鬼怪，到底是夢是真？望老師明白指示。」

那和尚道：「你到這裡，曾偷看什麼東西沒有？」

寶玉一想道：「他既能帶我到天仙福地，自然也是神仙了，如何瞞得他，況且正要問個明白。」便道：「我倒見了好些冊子來著。」那和尚道：「可又來！你見了冊子，還不解麼？世上的情緣，都是那些魔障。只要把歷過的事情細細記著，將來我與你說明。」說著，把寶玉狠命的一推，說：「回去罷！」寶玉站不住腳，一跤跌倒，口裡嚷道：「呵喲！」

……王夫人等正在哭泣，聽見寶玉甦來，連忙叫喚。寶玉睜眼看時，仍躺在炕上，見王夫人、寶釵等哭的眼泡紅腫。定神一想，心裡說道：「是了，我是死去過來的。」遂把神魂所歷的事呆呆的細想，幸喜多還記得，便哈哈的笑道：「是了，是了！」

王夫人只道舊病復發，便好延醫調治，即命丫頭、婆子快去告訴賈政，說是：「寶玉回過來了。頭裡原是心迷住了，如今說出話來，不用備辦後事了。」賈政聽了，即忙進來看視，果見寶玉甦來，便道：「沒的痴兒，你要唬死誰麼！」說著，眼淚也不知不覺流下來了。又嘆了幾口氣，仍出去叫人請醫生，診脈服藥。

……這裡麝月正思自盡，見寶玉一過來，也放了心。只見王夫人叫人端了桂圓湯，叫他喝了幾口，漸漸的定了神。王夫人等放心，也沒有說麝月，只叫人仍把那玉交給寶釵給他帶上。想起那和尚來，這玉不知哪裡找來的？也是古怪。怎麼一時要銀，一時又不見了，莫非是神仙不成？

……寶釵道：「說起那和尚來的蹤跡，去的影響，那玉並不是找來的。頭裡丟的時候，必是那和尚取去的。」

王夫人道：「玉在家裡，怎麼能取的了去？」

寶釵道：「既可送來，就可取去。」

襲人、麝月道：「那年丟了玉，林大爺測了個字，後來二奶奶過了門，我還告訴過二奶奶，說測的那字是什麼『賞』字。二奶奶還記得麼？」

寶釵想道：「是了！你們說測的是當鋪裡找去，如今才明白了，竟是個和尚的『尚』字在上頭，可不是和尚取了去的麼？」

……王夫人道：「那和尚本來古怪。那年寶玉病的時候，那和尚來說是我們家有寶貝可解，說的就是這塊玉了。他既知道，自然這塊玉到底有些來歷。況且妳女婿養下來就嘴裡含著的。

「古往今來，你們聽見過這麼第二個麼？只是不知終究這塊玉到底是怎麼著，就連咱們這一個也還不知是怎麼著。病也是這塊玉，好也是這塊玉，生也是這塊玉——」說到這裡，忽然住了，不免又流下淚來。寶玉聽了，心裡卻也明白，更想死去的事，愈加有因，只不言語，心裡細細的記憶。

……那時，惜春便說道：「那年失玉，還請妙玉請過仙，說是『青埂峰下倚古松』，還有什麼『入我門來一笑逢』的話。想起來『入我門』三字大有講究。佛教的法門最大，只怕二哥不能入得去。」

寶玉聽了，又冷笑幾聲。寶釵聽了，不覺的把眉頭兒肐揪[4]著，發起怔來。

尤氏道：「偏妳一說又是佛門了。妳出家的念頭還沒有歇麼？」

4.肐揪——緊皺。

惜春笑道：「不瞞嫂子說，我早已斷了葷了。」

王夫人道：「好孩子，阿彌陀佛！這個念頭是起不得的。」惜春聽了，也不言語。

……寶玉想「青燈古佛前」的詩句，不禁連嘆幾聲。忽又想起一牀席、一枝花的詩句來，拿眼睛看著襲人，不覺又流下淚來。眾人都見他忽笑忽悲，也不解是何意，只道是他的舊病。豈知寶玉觸處機來，竟能把偷看冊上詩句俱牢牢記住了，只是不說出來，心中早有一個成見在那裡了，暫且不提。

……且說眾人見寶玉死去復生，神氣清爽，又加連日服藥，一天好似一天，漸漸的復原起來。便是賈政見寶玉已好，現在丁憂[5]無事，想起賈赦不知幾時遇赦，老太太的靈柩久停寺內，終不放心，欲要扶柩回南安葬，便叫了賈璉來商議。

5. 丁憂——原指遇到父母或祖父母等直系尊長等喪事，後多指官員居喪。

……賈璉便道：「老爺想得極是。如今趁著丁憂，幹了一件大事更好。將來老爺起了服，生恐又不能遂意了。但是我父親不在家，姪兒呢又不敢僭越。老爺的主意很好，只是這件事也得好幾千銀子。衙門裡緝贓，那是再緝不出來的。」

賈政道：「我的主意是定了，只為大爺不在家，叫你來商議商議，怎麼個辦法。你是不能出門的，現在這裡沒有人，我為是好幾口材都要帶回去的，一個人怎麼樣的照應呢？想起把蓉哥兒帶了去，況且有他媳婦的棺材也在裡頭。還有你林妹妹的，那是老太太的遺言，說跟著老太太一塊兒回去的。我想這一項銀子，只好在那裡挪借幾千，也就夠了。」

……賈璉道：「如今的人情過於淡薄。老爺呢又丁憂；我們老爺呢，又在外頭。一時借是借不出來的了，只好拿房地文書出去押去。」

賈政道：「住的房子是官蓋的，那裡動得？」

賈璉道：「住房是不能動的。外頭還有幾所，可以出脫的，等老爺起復後再贖也使得。將來我父親回來了，倘能也再起用，也好贖的。只是老爺這麼大年紀，辛苦這一場，姪兒們心裡實不安。」

……賈政道：「老太太的事，是應該的。只要你在家謹慎些，把持定了才好。」

賈璉道：「老爺這倒只管放心，姪兒雖糊塗，斷不敢不認真辦理的。況且老爺回南，少不得多帶些人去，所留下的人也有限了，這點子費用，還可以過得來。就是老爺路上短少些，必經過賴尚榮的地方，可也叫他出點力兒。」

賈政道：「自己的老人家的事，叫人家幫什麼！」

賈璉答應了「是」，便退出來，打算銀錢。

……賈政便告訴了王夫人，叫她管了家，自己便擇了發引[6]長行的日子，就要起身。

寶玉此時身體復元，賈環、賈蘭倒認真念書，賈政都交付給賈璉，叫他管教，「今年是大比[7]的年頭。環兒是有服的，不能入場。蘭兒是孫子，服滿了也可以考的。務必叫寶玉同著姪兒考去，能夠中一個舉人，也好贖一贖咱們的罪名。」賈璉等唯唯應命。

賈政又吩咐了在家的人，說了好些話，才別了宗祠，便在城外念了幾天經，就發引下船，帶了林之孝等而去。也沒有驚動親友，惟有自家男女送了一程回來。

……寶玉因賈政命他赴考，王夫人便不時催逼，查考起他的功課來。那寶釵、襲人時常勸勉，自不必說。那知寶玉病後雖精神日長，他的念頭一發更奇僻了，竟換了一種，不但厭棄功

6. 發引——用以指出殯，靈車啟行。

7. 大比——泛指科舉考試。

名仕進，竟把那兒女情緣也看淡了好些。只是眾人不大理會，寶玉也並不說出來。

……一日，恰遇紫鵑送了林黛玉的靈柩回來，悶坐自己屋裡啼哭，想道：「寶玉無情，見他林妹妹的靈柩回去，並不傷心落淚，見我這樣痛哭，也不來勸慰，反瞅著我笑。這樣負心的人，從前都是花言巧語來哄著我們。前夜虧我想得開，不然，幾乎又上了他的當。

「只是一件叫人不解，如今我看他待襲人等也是冷冷兒的。二奶奶是本來不喜歡親熱的，麝月那些人就不抱怨他麼？我想女孩子們多半是痴心的，白操了那些時的心，看將來怎樣結局。」

正想著，只見五兒走來瞧她，見紫鵑滿面淚痕，便說：「姐姐又想林姑娘了？想一個人，聞名不如眼見，頭裡聽著寶二爺女孩子跟前是最好的，我母親再三的把我弄進來。豈知我進來了，盡心竭力的服侍了幾次病，如今病好了，連一句好話也沒有剩出來，如今索性連眼兒也都不瞧了。」

紫鵑聽她說的好笑，便「噗嗤」的一笑，啐道：「呸，妳這小蹄子！妳心裡要寶玉怎麼個樣兒待妳才好？女孩兒家也不害臊！連名公正氣的屋裡人瞧著他還沒事人一大堆呢，有功夫理你去！」

因又笑著拿個指頭往臉上抹著，問道：「妳到底算寶玉的什麼人哪？」

……那五兒聽了，自知失言，便飛紅了臉。待要解說不是要寶玉怎樣看待，說他近來不憐下的話，只聽院門外亂嚷說：「外頭和尚又來了，要那一萬銀子呢。太太著急，叫璉二爺和他講去，偏偏璉二爺又不在家。那和尚在外頭說些瘋話，太太叫請二奶奶過去商量。」

……不知怎樣打發那和尚，下回分解。

◎第一一七回◎

阻超凡佳人雙護玉
欣聚黨惡子獨承家

…話說王夫人打發人來叫寶釵過去商量，寶玉聽見說是和尚在外頭，趕忙的獨自一人走到前頭，嘴裡亂嚷道：「我的師父在那裡？」叫了半天，並不見有和尚，只得走到外面。見李貴將和尚攔住，不放他進來。寶玉便說道：「太太叫我請師父進去。」李貴聽了，鬆了手，那和尚便搖搖擺擺的進去。

…寶玉看見那僧的形狀與他死去時所見的一般，心裡早有些明白了，便上前施禮，連叫：「師父，弟子迎候來遲。」那僧說：「我不要你們接待，只要銀子，拿了來，我就走。」

寶玉聽來，又不像有道行的話，看他滿頭癩瘡，渾身腌臢破爛，心裡想道：「自古說『真人不露相，露相不真人』，也不可當面錯過。我且應了他謝銀，並探探他的口氣。」便說道：「師父不必性急。現在家母料理，請師父坐下，略等片刻。弟子請問師父，可是從太虛幻境而來？」

那和尚道：「什麼幻境，不過是來處來，去處去罷了！我是送還你的玉來的。我且問你，那玉是從那裡來的？」寶玉一時對答不來。

那僧笑道：「你自己的來路還不知，便來問我！」寶玉本來穎悟，又經點化，早把紅塵看破。只是自己的底裡未知，一聞那僧問起玉來，好像當頭一棒，便說道：「你也不用銀子了，我把那玉還你罷。」

那僧笑道：「也該還我了。」

⋯寶玉也不答言，往裡就跑。走到自己院內，見寶釵、襲人等都到王夫人那裡去了，忙向自己床邊取了那玉，便走出來。迎面碰見了襲人，撞了一個滿懷，把襲人唬了一跳，說道：「太太說，你陪著和尚坐著很好，太太在那裡打算送他些銀兩。你又回來做什麼？」

寶玉道：「你快去回太太說，不用張羅銀兩了，我把這玉還了他就是了。」襲人聽說，即忙拉住寶玉，道：「這斷使不得的！那玉就是你的命，若是他拿去了，你又要病著了。」

寶玉道：「如今不再病的了，我已經有了心了，要那玉何用？」摔脫襲人，便要想走。

⋯襲人急得趕著嚷道：「你回來，我告訴你一句話！」

寶玉回過頭來道：「沒有什麼說的了。」襲人顧不得什麼，一面趕著跑，一面嚷道：「上回丟了玉，幾乎沒有把我的命要了！

剛剛兒的有了，你拿了去，你也活不成，我也活不成了！你要還他，除非是叫我死了！」說著，趕上一把拉住。

寶玉急了，道：「妳死也要還，妳不死也要還！」狠命的把襲人一推，抽身要走。怎奈襲人兩隻手繞著寶玉的帶子不放鬆，哭喊著坐在地下。裡面的丫頭聽見連忙趕來，瞧見他兩個人的神情不好，只聽見襲人哭道：「快告訴太太去！寶二爺要把那玉去還和尚呢！」丫頭趕忙飛報王夫人。

那寶玉更加生氣，用手來掰開了襲人的手，幸虧襲人忍痛不放。紫鵑在屋裡聽見寶玉要把玉給人，這一急比別人更甚，把素日冷淡寶玉的主意都忘在九霄雲外了，連忙跑出來，幫著抱住寶玉。

那寶玉雖是個男人，用力摔打，怎奈兩個人死命的抱住不放，也難脫身，嘆口氣道：「為一塊玉，這樣死命的不放，若是我一個人走了，又待怎麼樣呢？」襲人、紫鵑聽到那裡，不禁嚎啕大哭起來。

……正在難分難解，王夫人、寶釵急忙趕來，見是這樣形景，便哭著喝道：「寶玉，你又瘋了嗎！」

寶玉見王夫人來了，明知不能脫身，只得陪笑說道：「這當什麼，又叫太太著急。她們總是這樣大驚小怪的，我說那和尚不近人情，他必要一萬銀子，少一個不能。我生氣進來，拿這玉還他，就說是假的，要這玉幹什麼？他見得我們不希罕那玉，便隨意給他些，就過去了。」

王夫人道：「我打量真要還他！這也罷了。為什麼不告訴明白了她們，叫她們哭哭喊喊的像什麼？」

寶釵道：「這麼說呢，倒還使得。要是真拿那玉給他，那和尚有些古怪，倘或一給了他，又鬧到家口不寧，豈不是不成事了麼？至於銀錢呢，就把我的頭面[1]折變了，也還夠了呢。」

1.頭面──古代婦女的首飾，除了常見的簪釵、步搖、梳篦及金鈿之外，還有金勝、玉勝、方勝、彩勝、玉梅、雪柳、燈球、鬧蛾及珠翠等名目。

王夫人聽了，道：「也罷了，且就這麼辦罷。」寶玉也不回答。只見寶釵走上來，在寶玉手裡拿了這玉，說道：「你也不用出去，我和太太給他錢就是了。」

寶玉道：「玉不還他也使得，只是我還得當面見他一見才好。」襲人等仍不肯放手，到底寶釵明決，說：「放了手，由他去就是了。」襲人只得放手。

寶玉笑道：「妳們這些人原來重玉不重人哪！妳們既放了我，我便跟著他走了，看妳們就守著那塊玉怎麼樣？」襲人心裡又著急起來，仍要拉他，只礙著王夫人和寶釵的面前，又不好太露輕薄，恰好寶玉一撒手就走了。

襲人忙叫小丫頭在三門口傳了茗煙等：「告訴外頭照應著二爺，他有些瘋了。」小丫頭答應了出去。

……王夫人、寶釵等進來坐下，問起襲人來由，襲人便將寶玉的話細細說了。王夫人、寶釵甚是不放心，又叫人出去，吩咐眾人伺候，聽著和尚說些什麼。回來，小丫頭傳話進來回王夫人道：「二爺真有些瘋了。外頭小廝們說，裡頭不給他玉，他也沒法，如今身子出來了，求著那和尚帶了他去。」

王夫人聽了，說道：「這還了得！那和尚說什麼來著？」

小丫頭回道：「和尚說，要玉不要人。」

寶釵道：「不要銀子了麼？」

小丫頭道：「沒聽見說。後來和尚和二爺兩個人說著笑著，有好些話，外頭小廝們都不大懂。」

王夫人道：「糊塗東西！聽不出來，學是自然學得來的。」便叫小丫頭：「妳把那小廝叫進來。」小丫頭連忙出去叫進那小廝，站在廊下，隔著窗戶請了安。

王夫人便問道：「和尚和二爺的話，你們不懂，難道學也學不來嗎？」

那小廝回道：「我們只聽見說什麼『大荒山』，什麼『青埂峰』，又說什麼『太虛境』，『斬斷塵緣』這些話。」王夫人聽了也不懂。寶釵聽了，唬得兩眼直瞪，半句話都沒有了。

……正要叫人出去拉寶玉進來，只見寶玉笑嘻嘻的進來說：「好了，好了！」寶釵仍是發怔。

王夫人道：「你瘋瘋顛顛的說的是什麼？」

寶玉道：「正經話，又說我瘋顛。那和尚與我原是認得的，他不過也是要來見我一見。他何嘗是真要銀子呢，也只當化個善緣就是了。所以說明了，他自己就飄然而去了。這可不是好了麼！」

……王夫人不信，又隔著窗戶問那小廝。那小廝連忙出去問了門上的人，進來回說：「果然和尚走了。說請太太們放心，我原不要銀子，只要寶二爺時常到他那裡去去就是了。諸事只要隨緣，自有一定的道理。」

王夫人道：「原來是個好和尚，你們曾問住在那裡？」門上道：「奴才也問來著，他說我們二爺是知道的。」

王夫人問寶玉道：「他到底住在那裡？」

寶玉笑道：「這個地方說遠就遠，說近就近。」

……寶釵不待說完，便道：「你醒醒兒罷，別盡著迷在裡頭！現在老爺、太太就疼你一個人，老爺還吩咐叫你幹功名長進呢。」

寶玉道：「我說的不是功名麼？你們不知道，『一子出家，七祖昇天』呢。」

王夫人聽到那裡，不覺傷心起來，說：「我們的家運怎麼好？

一個四丫頭口口聲聲要出家，如今又添出一個來了。我這樣個日子過他做什麼！」說著，大哭起來。寶釵見王夫人傷心，只得上前苦勸。

寶玉笑道：「我說了這一句頑話，太太又認起真來了。」王夫人止住哭聲道：「這些話也是混說的麼！」

※……※……※

…正鬧著，只見丫頭來回話：「璉二爺回來了，顏色大變，說請太太回去說話。」王夫人又吃了一驚，說道：「將就些，叫他進來罷，小嬸子也是舊親，不用迴避了。」

…賈璉進來，見了王夫人，請了安。寶釵迎著，也問了賈璉的安。回說道：「剛才接了我父親的書信，說是病重的很，叫我就去，若遲了，恐怕不能見面。」說到那裡，眼淚便掉下來了。

王夫人道：「書上寫的是什麼病？」

賈璉道：「寫的是感冒風寒起來的，如今成了癆病了。現在危急，專差一個人連日連夜趕來的。說如若再耽擱一兩天，就不能見面了。故來回太太，姪兒必得就去才好。

「只是家裡沒人照管，薔兒、芸兒雖說糊塗，到底是個男人，外頭有了事來，還可傳個話。姪兒家裡倒沒有什麼事，秋桐是天天哭著喊著，不願意在這裡，姪兒叫了她娘家的人來領了去了，倒省了平兒好些氣。

「雖是巧姐沒人照應，還虧平兒的心不很壞。妞兒心裡也明白，只是性氣比她娘還剛硬些，求太太時常管教管教她。」說著眼圈兒一紅，連忙把腰裡拴檳榔荷包的小絹子拉下來擦眼。

王夫人道：「放著她親祖母在那裡，托我做什麼。」

賈璉輕輕的說道：「太太要說這個話，姪兒就該活活兒的打死了。沒什麼說的，總求太太始終疼姪兒就是了。」說著，就跪下來了。

王夫人也眼圈兒紅了，說：「你快起來，娘兒們說話兒，這是怎麼說！只是一件，孩子也大了，倘或你父親有個一差二錯，又耽擱住了，或者有個門當戶對的來說親，還是等你回來，還是你太太作主？」

賈璉道：「現在太太們在家，自然是太太們做主，不必等我。」

……王夫人道：「你要去，就寫了稟帖[2]給二老爺送個信，說家下無人，你父親不知怎樣，快請二老爺將老太太的大事早早的完結，快快回來。」賈璉答應了「是」，

正要走出去，復轉回來，回說道：「咱們家的家下人，家裡還夠使喚，只是園裡沒有人，太空了。包勇又跟了他們老爺去

2. 稟帖——舊時民眾或下級呈官府的文書。

了。姨太太住的房子，薛二爺已搬到自己的房子內住了。「園裡一帶屋子都空著，忒沒照應，還得太太叫人常查看查看。那櫳翠庵原是咱們家的地基，如今妙玉不知那裡去了，所有的根基，她的當家女尼不敢自己作主，要求府裡一個人管理管理。」

……王夫人道：「自己的事還鬧不清，還擱得住外頭的事麼？這句話好歹別叫四丫頭知道，若是她知道了，又要吵著出家的念頭出來了。你想，咱們家什麼樣的人家，好好的姑娘出了家，還了得！」

賈璉道：「太太不提起，姪兒也不敢說。四妹妹到底是東府裡的，又沒有父母，她親哥哥又在外頭，她親嫂子又不大說的上話，姪兒聽見要尋死覓活了好幾次。她既是心裡這麼著的了，若是牛著她，將來倘或認真尋了死，比出家更不好了。」

王夫人聽了，點頭道：「這件事真真叫我也難擔。我也做不得主，由她大嫂子去就是了。」

……賈璉又說了幾句，才出來，叫了眾家人來，交代清楚，寫了書，收拾了行裝，平兒等不免叮嚀了好些話。只有巧姐兒慘傷的了不得。賈璉又欲托王仁照應，巧姐到底不願意，聽見外頭托了芸、薔二人，心裡更不受用，嘴裡卻說不出來。只得送了她父親，謹謹慎慎的隨著平兒過日子。

豐兒、小紅因鳳姐去世，告假的告假，告病的告病。平兒意欲接了家中一個姑娘來，一則給巧姐作伴，二則可以帶量她。遍想無人，只有喜鸞、四姐兒是賈母舊日鍾愛的，偏偏四姐兒新近出了嫁了，喜鸞也有了人家兒，不日就要出閣，也只得罷了。

……且說賈芸、賈薔送了賈璉，便進來見了邢、王二夫人。他兩個倒替著在外書房住下，日間便與家人廝鬧，有時找了幾個朋友吃個車箍轆會[3]，甚至聚賭，裡頭那裡知道。一日，邢大舅、王仁來，瞧見了賈芸、賈薔住在這裡，知他熱鬧，也就借著照看的名兒，時常在外書房設局賭錢喝酒。所有幾個正經的家人，賈政帶了幾個去，賈璉又跟去了幾個，只有那賴、林諸家的兒子、姪兒。那些少年托著老子娘的福，吃喝慣了的，那知當家立計的道理。況且他們長輩都不在家，便是沒籠頭的馬了。又有兩個旁主人慫恿，無不樂為。這一鬧，把個榮國府鬧得沒上沒下，沒裡沒外。

……那賈薔還想勾引寶玉。賈芸攔住道：「寶二爺那個人沒運氣的，不用惹他。那一年我給他說了一門子絕好的親，父親在外頭做稅官，家裡開幾個當鋪，姑娘長的比仙女兒還好看。我巴巴兒的細細的寫了一封書子給他，誰知他沒造化。」

3.車箍轆會——許多人輪流做東道請客的聚會。

說到這裡，瞧了瞧左右無人，又說：「他心裡早和咱們這個二嬸娘好上了。你沒聽見說，還有一個林姑娘呢，弄的害了相思病死的，誰不知道！這也罷了，各自的姻緣罷咧。誰知他為這件事倒惱了我了，總不大理。他打量誰必是借誰的光兒呢！」賈薔聽了點點頭，才把這個心歇了。

……他兩個還不知道寶玉自會那和尚以後，他是欲斷塵緣。一則在王夫人跟前，不敢任性，已與寶釵、襲人等皆不大款洽[4]了。那些丫頭不知道，還要逗他，寶玉那裡看得到眼裡。他也並不將家事放在心裡。時常王夫人、寶釵勸他念書，他便假作攻書[5]，一心想著那個和尚引他到那仙境的機關，心目中觸處皆為俗人，卻在家難受，閒來倒與惜春閒講。他們兩個人講得上了，那種心更加準了幾分，那裡還管賈環、賈蘭等。

4. 款洽——親密。

5. 攻書——讀書；學習。

…那賈環為他父親不在家，趙姨娘已死，王夫人不大理會他，便入了賈薔一路。倒是彩雲時常規勸，反被賈環辱罵。玉釧兒見寶玉瘋顛更甚，早和她娘說了，要求著出去。

如今寶玉、賈環他哥兒兩個，各有一種脾氣，鬧得人人不理。獨有賈蘭跟著他母親上緊攻書，作了文字，送到學裡請教代儒。因近來代儒老病在床，只得自己刻苦。李紈是素來沉靜，除了請王夫人的安，會會寶釵，餘者一步不走，只有看著賈蘭攻書。

所以榮府住的人雖不少，竟是各自過各自的，誰也不肯做誰的主。賈環、賈薔等愈鬧的不像事了，甚至偷典偷賣，不一而足。賈環更加宿娼濫賭，無所不為。

…一日，邢大舅、王仁都在賈家外書房喝酒，一時高興，叫了幾個陪酒的來唱著喝著勸酒。賈薔便說：「你們鬧的太俗。

我要行個令兒。」眾人道：「使得。」

賈薔道：「咱們『月』字流觴罷。我先說起『月』字，數到那個便是那個喝酒，還要酒面酒底。須得依著令官，不依者罰三大杯。」眾人都依了。

賈薔喝了一杯令酒，便說：「『飛羽觴而醉月。』」順飲數到賈環。賈薔說：「酒面要個『桂』字。」

賈環便說道：「『冷露無聲濕桂花』。酒底呢？」

賈薔道：「說個『香』字。」

賈環道：「『天香雲外飄。』」

大舅說道：「沒趣，沒趣！你又懂得什麼字了，也假斯文起來！這不是取樂，竟是慪人了。咱們都蠲了，倒是搳搳拳[6]，輸家喝，輸家唱，叫做『苦中苦』。若是不會唱的，說個笑話兒也使得，只要有趣。」

眾人都道：「使得。」於是亂搳起來。王仁輸了，喝了一杯，唱

6.搳拳——亦稱猜拳。

了一個。眾人道：「好！」又搳起來了。是個陪酒的輸了，唱了一個什麼「小姐小姐多丰彩」。

……以後邢大舅輸了，眾人要他唱曲兒，他道：「我唱不上來的，我說個笑話兒罷。」

賈薔道：「若說不笑，仍要罰的。」邢大舅就喝了杯，便說道：

「諸位聽著：村莊上有一座元帝廟，旁邊有個土地祠。那元帝老爺常叫土地來說閒話兒。

「一日，元帝廟裡被了盜，便叫土地去查訪。土地稟道：『這地方沒有賊的，必是神將不小心，被外賊偷了東西去。』元帝道：『胡說！你是土地，失了盜，不問你問誰去呢？你倒不去拿賊，反說我的神將不小心嗎？』

「土地稟道：『雖說是不小心，到底是廟裡的風水不好。』元帝道：『你倒會看風水麼？』土地道：『待小神看看。』那土地向各處瞧了一會，便來回稟道：『老爺坐的身子背後兩扇紅門，就不謹慎。小神坐的背後是砌的牆，自然東西丟不了。以後老爺的背後亦改了牆就好了。』元帝老爺聽來有理，便叫神將派人打牆。

「眾神將嘆口氣道：『如今香火一炷也沒有，那裡有磚灰人工來打牆？』元帝老爺沒法，叫眾神將作法，卻都沒有主意。那元帝老爺腳下的龜將軍站起來道：『你們不中用，我有主意。你們將紅門拆下來，到了夜裡，拿我的肚子墊住這門口，難道當不得一堵牆麼？』眾神將都說道：『好！又不花錢，又便當結實。』於是龜將軍便當這個差使，竟安靜了。

「豈知過了幾天，那廟裡又丟了東西。眾神將叫了土地來說道：『你說砌了牆就不丟東西，怎麼如今有了牆還要丟？』那土地道：『這牆砌的不結實。』眾神將道：『你瞧去。』土地一看，果然是一堵好牆，怎麼還有失事？把手摸了一摸，道：『我打量是真牆，那裡知道是個「假牆」！』」

……眾人聽了，大笑起來。賈薔也忍不住的笑，說道：「傻大舅，你好！我沒有罵你，你為什麼罵我？快拿杯來罰一大杯。」邢大舅喝了，已有醉意。

……眾人又喝了幾杯，都醉起來。邢大舅說他姐姐不好，王仁說他妹妹不好，都說的狠狠毒毒的。賈環聽了，趁著酒興，也說鳳姐不好，怎樣苛刻我們，怎麼樣踏我們的頭。眾人道：「大凡做個人，原要厚道些。看鳳姑娘仗著老太太這樣的利害，如今焦了尾巴梢子[7]了，只剩了一個姐兒，只怕也要現世現報呢！」賈芸想著鳳姐待他不好，又想起巧姐兒見他就哭，也信著嘴兒混說。還是賈薔道：「喝酒罷，說人家做什麼！」

7. 焦了尾巴梢子──謂人斷絕後嗣。

那兩個陪酒的道：「這位姑娘多大年紀了？長得怎麼樣？」

賈薔道：「模樣兒是好的很的，年紀也有十三四歲了。」

那陪酒的說道：「可惜這樣人生在府裡這樣人家，若生在小戶人家，父母兄弟都做了官，還發了財呢。」

眾人道：「怎麼樣？」

那陪酒的說：「現今有個外藩王爺，最是有情的，要選一個妃子。若合了式，父母兄弟都跟了去。可不是好事兒嗎？」眾人都不大理會，只有王仁心裡略動了一動，仍舊喝酒。

……只見外頭走進賴、林兩家的子弟來，說：「爺們好樂呀！」

眾人站起來說道：「老大、老三怎麼這時候才來？叫我們好等。」

那兩個人說道：「今早聽見一個謠言，說是咱們家又鬧出事來了。心裡著急，趕到裡頭打聽去，並不是咱們。」

眾人道：「不是咱們就完了，為什麼不就來？」

那兩個說道：「雖不是咱們，也有些干係。你們知道是誰？就是賈雨村老爺。我們今兒進去，看見帶著鎖子，說要解到三法司衙門裡審問去呢。我們見他常在咱們家裡來往，恐有什麼事，便跟了去打聽。」

賈芸道：「到底老大用心，原該打聽打聽。你且坐下喝一杯再說。」

……兩人讓了一回，便坐下，喝著酒道：「這位雨村老爺，人也能幹，也會鑽營，官也不小了，只是貪財。被人家參了個『婪索屬員』的幾款。如今的萬歲爺是最聖明最仁慈的，獨聽了一個『貪』字，或因糟蹋了百姓，或因恃勢欺良，是極生氣的，所以旨意便叫拿問。若是問出來了，只怕擱不住；若是沒有的事，那參的人也不便。如今真真是好時候，只要有造化，做個官兒就好。」

眾人道：「你的哥哥就是有造化的，現做知縣，還不好麼？」

賴家的說道：「我哥哥雖是做了知縣，他的行為，只怕也保不住怎麼樣呢。」

眾人道：「手也長麼？」賴家的點點頭兒，便舉起杯來喝酒。

……眾人又道：「裡頭還聽見什麼新聞？」

兩人道：「別的事沒有，只聽見海疆的賊寇拿住了好些，也解到法司衙門裡審問。還審出好些賊寇，也有藏在城裡的，打聽消息，抽空兒就劫搶人家。如今知道朝裡那些老爺們都是能文能武，出力報效，所到之處，早就消滅了。」

眾人道：「你聽見有在城裡的，不知審出咱們家失盜了一案來沒有？」

兩人道：「倒沒有聽見。恍惚有人說是有個內地裡的人，城裡犯了事，搶了一個女人下海去了。那女人不依，被這賊寇殺了。那賊寇正要跳出關去，被官兵拿住了，就在拿獲的地方正了法了。」

……眾人道：「咱們櫳翠庵的什麼妙玉，不是叫人搶去，不要就是她罷？」

賈環道：「必是她！」

眾人道：「你怎麼知道？」

賈環道：「妙玉這個東西是最討人嫌的。她一日家捏酸[8]，見了寶玉就眉開眼笑了。我若見了她，她從不拿正眼瞧我一瞧。真要是她，我才趁願呢！」

眾人道：「搶的人也不少，哪裡就是她。」

賈芸道：「有點信兒。前日有個人說她庵裡的道婆做夢，說看見是妙玉叫人殺了。」

8. 捏酸——故做斯文。

眾人笑道：「夢話算不得。」

邢大舅道：「管她夢不夢，咱們快吃飯罷。今夜做個大輸贏。」

眾人願意，便吃畢了飯，大賭起來。

……賭到三更多天，只聽見裡頭亂嚷，說是：「四姑娘合珍大奶奶拌嘴，把頭髮都絞掉了，趕到邢夫人、王夫人那裡去磕了頭，說是要求容她做尼姑呢，送她一個地方。若不容她，她就死在眼前。那邢、王兩位太太沒主意，叫請薔大爺、芸二爺進去。」

賈芸聽了，便知是那回看家的時候起的念頭，想來是勸不過來的了，便合賈薔商議道：「太太叫我們進去，我們是做不得主的，況且也不好做主，只好勸去。若勸不住，只好由她們罷。咱們商量了寫封書給璉二叔，便卸了我們的干係了。」

……兩人商量定了主意，進去見了邢、王兩位太太，便假意的勸了一回。無奈惜春立意必要出家，就不放她出去，只求一兩間淨屋子給她誦經拜佛。

尤氏見他兩個不肯作主，又怕惜春尋死，自己便硬做主張，說是：「這個不是，索性我擔了罷。說我做嫂子的容不下小姑子，逼她出了家了，就完了。

「若說到外頭去呢，斷斷使不得；若在家裡呢，太太們都在這裡，算我的主意罷。叫薔哥兒寫封書子給你珍大爺、璉二叔就是了。」賈薔等答應了。

……不知邢、王二夫人依與不依，下回分解。

◎第一一八回◎

記微嫌舅兄欺弱女
驚謎語妻妾諫痴人

……說話邢、王二夫人聽尤氏一段話，明知也難挽回。王夫人只得說道：「姑娘要行善，這也是前生的夙根[1]，我們也實在攔不住。只是咱們這樣人家的姑娘出了家，不成了事體。

「如今妳嫂子說了，准妳修行，也是好處。卻有一句話要說，那頭髮可以不剃的，只要自己的心真，那在頭髮上頭呢？妳想妙玉也是帶髮修行的，不知她怎樣凡心一動，才鬧到那個分兒。

「姑娘執意如此，我們就把姑娘住的房子便算了姑娘的靜室。所有服侍姑娘的人，也得叫她們來問，她若願意跟的，就講不得說親配人；若不願意跟的，另打主意。」

惜春聽了，收了淚，拜謝了邢、王二夫人、李紈、尤氏等。王夫人說了，便問彩屏等：「誰願跟姑娘修行？」彩屏等回道：「太太們派誰就是誰。」王夫人知道不願意，正在想人。

……襲人立在寶玉身後，想來寶玉必要大哭，防著他的舊病。豈知寶玉嘆道：「真真難得！」襲人心裡更自傷悲。寶釵雖不言語，遇事試探，見是執迷不醒，只得暗中落淚。

……王夫人才要叫了眾丫頭來問，忽見紫鵑走上前去，在王夫人面前跪下，回道：「剛才太太問跟四姑娘的姐姐，太太看著怎麼樣？」

王夫人道：「這個如何強派得人的，誰願意，她自然就說出來

1. **夙根**——謂前生的靈根。

了。」

紫鵑道：「姑娘修行，自然姑娘願意，並不是別的姐姐們的意思。我有句話回太太，我也並不是拆開姐姐們，各人有各人的心。我服侍林姑娘一場，林姑娘待我，也是太太們知道的，實在恩重如山，無以可報。她死了，我恨不得跟了她去。但是她不是這裡的人，我又受主子家的恩典，難以從死。「如今四姑娘既要修行，我就求太太們將我派了跟著姑娘，服侍姑娘一輩子，不知太太們准不准？若准了，就是我的造化了。」

邢、王二夫人尚未答言，只見寶玉聽到那裡，想起黛玉，一陣心酸，眼淚早下來了。眾人才要問他時，他又哈哈的大笑，走上來道：「我不該說的。這紫鵑蒙太太派給我屋裡，我才敢說。求太太准了她罷，全了她的好心。」

王夫人道：「你頭裡姊妹出了嫁，還哭得死去活來；如今看見四妹妹要出家，不但不勸，倒說好事。你如今到底是怎麼個意思？我索性不明白了。」

寶玉道：「四妹妹修行是已經准的了，四妹妹也是一定主意了。若是真的，我有一句話告訴太太；若是不定的，我就不敢混說了。」

惜春道：「二哥哥說話也好笑，一個人主意不定，便扭得過太太們來了？我也是像紫鵑的話，容我呢，是我的造化；不容我呢，還有一個死呢。那怕什麼！二哥哥既有話，只管說。」

寶玉道：「我這也不算什麼洩漏了，這也是一定的。我念一首詩給妳們聽聽罷！」

眾人道：「人家苦得很的時候，你倒來做詩慪人。」

寶玉道：「不是做詩，我到一個地方兒看了來的。妳們聽聽罷。」

眾人道：「使得。你就念念，別順著嘴兒胡謅。」寶玉也不分辯，便說道：

勘破三春景不長，緇衣[2]頓改昔年妝。

可憐繡戶侯門女，獨臥青燈古佛旁！

2. 緇衣——泛指黑色衣服。

李紈、寶釵聽了，詫異道：「不好了！這人入了迷了。」

王夫人聽了這話，點頭嘆息，便問寶玉：「你到底是那裡看來的？」

寶玉不便說出來，回道：「太太也不必問，我自有見的地方。」

王夫人回過味來，細細一想，便更哭起來，道：「你說前兒是頑話，怎麼忽然有這首詩？罷了，我知道了，你們叫我怎麼樣呢。我也沒有法兒了，也只得由著你們去罷。但是要等我合上了眼，各自幹各自的就完了！」

……寶釵一面勸著，這個心比刀絞更甚，也撐不住，便放聲大哭起來。襲人已經哭的死去活來，幸虧秋紋扶著。寶玉也不啼哭，也不相勸，只不言語。賈蘭、賈環聽到那裡，各自走開。李紈竭力的解說：「總是寶兄弟見四妹妹修行，他想來是痛極了，不顧前後的瘋話，這也作不得準的。獨有紫鵑的事情，准不准，好叫她起來。」

王夫人道：「什麼依不依，橫豎一個人的主意定了，那也是扭不過來的。可是寶玉說的，也是一定的了。」紫鵑聽了磕頭。惜春又謝了王夫人。紫鵑又給寶玉、寶釵磕了頭。

……寶玉念聲：「阿彌陀佛！難得，難得。不料妳倒先好了。」寶釵雖然有把持，也難撐住。

只有襲人也顧不得王夫人在上，便痛哭不止，說：「我也願意跟了四姑娘去修行。」

寶玉笑道：「妳也是好心，但是妳不能享這個清福的。」

襲人哭道：「這麼說，我是要死的了？」寶玉聽到那裡，倒覺傷心，只是說不出來。

因時已五更，寶玉請王夫人安歇。李紈等各自散去。彩屏等暫且服侍惜春回去，後來指配了人家。紫鵑終身服侍，毫不改初。此是後話。

※……※……※……

……且言賈政扶了賈母靈柩一路南行，因遇著班師的兵將船隻過境，河道擁擠，不能速行，在道實在心焦。幸喜遇見了海疆的官員，聞得鎮海統制欽召回京，想來探春一定回家，略略解些煩心。只打聽不出起程的日期，心裡又煩躁。想到盤費算來不敷，不得已，寫書一封，差人到賴尚榮任上借銀五百，叫人沿途迎上來，應需用。

那人去了幾日，賈政的船才行得十數里。那家人回來，迎上船隻，將賴尚榮的稟啟呈上。書內告了多少苦處，備上白銀五十兩。

賈政看了生氣，即命家人：「立刻送還！將原書發回，叫他不必費心。」那家人無奈，只得回到賴尚榮任所。

……賴尚榮接到原書銀兩，心中煩悶，知事辦得不周到，又添了一百，央來人帶回，幫著說些好話。豈知那人不肯帶回，撂下就走了。

賴尚榮心下不安，立刻修書到家，回明他父親，叫他設法告假，贖出身來。於是賴家托了賈薔、賈芸等在王夫人面前乞恩放出。賈薔明知不能，過了一日，假說王夫人不依的話，回覆了。賴家一面告假，一面差人到賴尚榮任上，叫他告病辭官。王夫人並不知道。

…那賈芸聽見賈薔的假話，心裡便沒想頭。連日在外又輸了好些銀錢，無所抵償，便和賈環相商。賈環本是一個錢沒有的，雖是趙姨娘積蓄些微，早被他弄光了，那能照應人家。便想起鳳姐待他刻薄，要趁賈璉不在家，要擺佈巧姐出氣，遂把這個當叫賈芸來上，故意的埋怨賈芸道：「你們年紀又大，放著弄銀錢的事又不敢辦，倒和我沒有錢的人相商。」

賈芸道：「三叔，你這話說的倒好笑，咱們一塊兒頑，一塊兒鬧，那裡有銀錢的事？」

賈環道：「不是前兒有人說是外藩要買個偏房，你們何不和王大舅商量把巧姐說給他呢？」

賈芸道：「叔叔，我說句招你生氣的話，外藩花了錢買人，還想能和咱們走動麼。」賈環在賈芸耳邊說了些話，賈芸雖然點頭，只道賈環是小孩子的話，也不當事。

……恰好王仁走來說道：「你們兩個人商量些什麼，瞞著我麼？」賈芸便將賈環的話附耳低言的說了。

王仁拍手道：「這倒是一種好事，又有銀子！只怕你們不能。若是你們敢辦，我是親舅舅，做得主的。只要環老三在大太太跟前那麼一說，我找邢大舅再一說，太太們問起來，你們齊打夥說好就是了。」

賈環等商議定了，王仁便去找邢大舅，賈芸便去回邢、王二夫人，說得錦上添花。

……王夫人聽了，雖然入耳，只是不信。邢夫人聽得邢大舅知道，心裡願意，便打發人找了邢大舅來問他。

那邢大舅已經聽了王仁的話，又可分肥，便在邢夫人跟前說道：「若說這位郡王，是極有體面的。若應了這門親事，雖說是不是正配，保管一過了門，姊夫的官早復了，這裡的聲勢又好了。」

邢夫人本是沒主意人，被傻大舅一番假話哄得心動，請了王仁來一問，更說得熱鬧。於是邢夫人倒叫人出去追著賈芸去說。王仁即刻找了人去到外藩公館說了。那外藩不知底細，便要打發人來相看。

賈芸又鑽了相看的人，說明：「原是瞞著合宅的，只說是王府相親。等到成了，她祖母作主，親舅舅的保山，是不怕的。」那相看的人應了。賈芸便送信與邢夫人，並回了王夫人。那李紈、寶釵等不知原故，只道是件好事，也都歡喜。

⋯⋯那日，果然來了幾個女人，都是艷妝麗服。邢夫人接了進去，敘了些閒話。那來人本知是個誥命，也不敢怠慢。邢夫人因事未定，也沒有和巧姐說明，只說有親戚來瞧，叫她去見。

那巧姐到底是個小孩子，那管這些，便跟了奶媽過來。平兒不放心，也跟著來。只見有兩個宮人打扮的，見了巧姐，便渾身上下一看，更又起身來拉著巧姐的手又瞧了一遍，略坐了一坐就走了。倒把巧姐看得羞臊，回到房中納悶，想來沒有這門親戚，便問平兒。

平兒先看見來頭，卻也猜著八九，必是相親的。「但是二爺不在家，大太太作主，到底不知是那府裡的。若說是對頭親，不該這樣相看。瞧那幾個人的來頭，不像是本支王府，好像是外頭路數。如今且不必和姑娘說明，且打聽明白再說。」

……平兒心下留神打聽。那些丫頭、婆子都是平兒使過的，平兒一問，所有聽見外頭的風聲都告訴了。平兒便嚇的沒了主意，雖不和巧姐說，便趕著去告訴了李紈、寶釵，求她二人告訴王夫人。

王夫人知道這事不好，便和邢夫人說知。怎奈邢夫人信了兄弟並王仁的話，反疑心王夫人不是好意，便說：「孫女兒也大了，現在璉兒不在家，這件事我還做得主。況且是她親舅爺和她親舅舅打聽的，難道倒比別人不真麼？我橫豎是願意的。倘有什麼不好，我和璉兒也抱怨不著別人。」

……王夫人聽了這些話，心下暗暗生氣，勉強說些閒話，便走了出來，告訴了寶釵，自己落淚。

寶玉勸道：「太太別煩惱，這件事我看來是不成的。這又是巧姐兒命裡所招，只求太太不管就是了。」

王夫人道：「你一開口就是瘋話。人家說定了就要接過去。若依平兒的話，你璉二哥可不抱怨我麼？別說自己的姪孫女兒，就是親戚家的，也是要好才好。

「邢姑娘是我們作媒的，配了你二大舅子，如今和和順順的過日子，不好麼？那琴姑娘，梅家娶了去，聽見說是豐衣足食的，很好。就是史姑娘，是她叔叔的主意，頭裡原好，如今姑爺癆病死了，你史妹妹立志守寡，也就苦了。若是巧姐兒錯給了人家兒，可不是我的心壞？」

……正說著，平兒過來瞧寶釵，並探聽邢夫人的口氣。王夫人將邢夫人的話說了一遍。

平兒呆了半天，跪下求道：「巧姐兒終身全仗著太太，若信了人家的話，不但姑娘一輩子受了苦，便是璉二爺回來，怎麼說呢？」

王夫人道：「妳是個明白人，起來聽我說。巧姐兒到底是大太太孫女兒，她要作主，我能夠攔她麼？」

寶玉勸道：「無妨礙的，只要明白就是了。」平兒生怕寶玉瘋顛嚷出來，也並不言語，回了王夫人，竟自去了。

……這裡王夫人想到煩悶，一陣心痛，叫丫頭扶著，勉強回到自己房中躺下，不叫寶玉、寶釵過來，說：「睡睡就好的。」自己卻也煩悶。聽見說李嬸娘來了，也不及接待。只見賈蘭進來請了安，回道：「今早爺爺那裡打發人帶了一封書子來，外頭小子們傳進來的。我母親接了，正要過來，因我老娘來了，叫我先呈給太太瞧，回來我母親就過來來回太太。還說我老娘要過來呢。」說著，一面把書子呈上。王夫人一面接書，一面問道：「你老娘來作什麼？」賈蘭道：「我也不知道。我只見我老娘說，我三姨兒的婆婆家有什麼信兒來了。」王夫人聽了，想起來還是前次給甄寶玉說了李綺，後來放定下茶，想來此時甄家要娶過門，所以李嬸娘來商量這件事情，便點點頭兒。一面拆開書信，見上面寫著道：

近因沿途俱係海疆凱旋船隻，不能迅速前行。

聞探姐隨翁婿來都，不知曾有信否？前接到璉姪手稟，知大老爺身體欠安，亦不知已有確信否？寶玉、蘭哥場期已近，務須實心用功，不可怠惰。老太太靈柩抵家，尚需日時。我身體平善，不必掛念。此諭寶玉等知道。月日手書。蓉兒另稟。

王夫人看了，仍舊遞給賈蘭，說：「你拿去給你二叔叔瞧瞧，還交給你母親罷。」

……正說著，李紈同李嬸過來。請安問好畢，王夫人讓了坐。李嬸娘便將甄家要娶李綺的話說了一遍。大家商議了一會子。李紈因問王夫人道：「老爺的書子，太太看過了麼？」王夫人道：「看過了。」賈蘭便拿著給他母親瞧。李紈看了，道：「三姑娘出門了好幾年，總沒有來，如今要回京了，太太也放了好些心。」

王夫人道：「我本是心痛，看見探丫頭要回來了，心裡略好些。只是不知幾時才到？」李嬸娘便問了賈政在路好。

…李紈因向賈蘭道：「哥兒瞧見了？場期近了，你爺爺惦記得什麼似的。你快拿了去給二叔叔瞧去罷。」

李嬸娘道：「他們爺兒兩個又沒進過學，怎麼能下場呢？」

王夫人道：「他爺爺做糧道的起身時，給他們爺兒兩個援了例監[3]了。」

李嬸娘點頭。賈蘭一面拿著書子出來，來找寶玉。

…卻說寶玉送了王夫人去後，正拿著《秋水》一篇在那裡細玩。寶釵從裡間走出，見他看得得意忘言，便走過來一看，見是這個，心裡著實煩悶。細想：「他只顧把這些出世離群的話

3. **援了例監**——明清制度，由捐納取得監生資格者稱為例監。

當作一件正經事，終究不妥。」

看他這種光景，料勸不過來，便坐在寶玉旁邊，怔怔的坐著。

寶玉見她這般，便道：「妳這又是為什麼？」

……寶釵道：「我想你我既為夫婦，你便是我終身的倚靠，卻不在情欲之私。論起榮華富貴，原不過是過眼煙雲，但自古聖賢以人品根柢為重。」

寶玉也沒聽完，把那書本擱在旁邊，微微的笑道：「據妳說人品根柢，又是什麼古聖賢，妳可知古聖賢說過『不失其赤子之心』。那赤子有什麼好處？不過是無知、無識、無貪、無忌。我們生來已陷溺在貪、嗔、痴、愛中，猶如汙泥一般，怎麼能跳出這般塵網？如今才曉得『聚散浮生』四字，古人說了，不曾提醒一個。既要講到人品根柢，誰是到那太初一步地位的？」

……寶釵道：「你既說『赤子之心』，古聖賢原以忠孝為赤子之心，並不是遁世離群、無關無係為赤子之心。「堯、舜、禹、湯、周、孔時刻以救民濟世為心，所謂赤子之心，原不過是『不忍』二字。若你方才所說的，忍於拋棄天倫，還成什麼道理？」

寶玉點頭笑道：「堯舜不強巢許[4]，武周不強夷齊。」

……寶釵不等他說完，便道：「你這個話益發不是了。古來若都是巢、許、夷、齊，為什麼如今人又把堯、舜、周、孔稱為聖賢呢？況且你自比夷齊，更不成話，伯夷、叔齊原是生在商末世，有許多難處之事，所以才有托而逃。「當此聖世，咱們世受國恩，祖父錦衣玉食，況你自有生以來，自去世的老太太，以及老爺、太太視如珍寶。你方才所說，自己想一想，是與不是？」寶玉聽了，也不答言，只有

4.「堯舜」句—即巢父和許由，相傳為唐堯時的隱士。堯要讓天下給巢父，他不受，堯又讓許由，由也引以為恥，逃走隱居。

仰頭微笑。

…寶釵因又勸道：「你既理屈詞窮，我勸你從此把心收一收，好好的用用功，但能博得一第，便是從此而止，也不枉天恩祖德了。」

寶玉點了點頭，嘆了口氣，說道：「一第呢，其實也不是什麼難事，倒是妳這個『從此而止，不枉天恩祖德』，卻還不離其宗。」

…寶釵未及答言，襲人過來說道：「剛才二奶奶說的古聖先賢，我們也不懂。我只想著我們這些人，從小兒辛辛苦苦跟著二爺，不知陪了多少小心，論起理來，原該當的，但只二爺也該體諒體諒。況二奶奶替二爺在老爺、太太跟前行了多少孝道，就是二爺不以夫妻為事，也不可太辜負了人心。」

「至於神仙那一層，更是謊話，誰見過有走到凡間來的神仙呢？那裡來的這麼個和尚，說了些混話，二爺就信了真。二爺是讀書的人，難道他的話比老爺、太太還重麼？」寶玉聽了，低頭不語。

……襲人還要說時，只聽外面腳步走響，隔著窗戶問道：「二叔在屋裡呢麼？」

寶玉聽了，是賈蘭的聲音，便站起來笑道：「你進來罷。」寶釵也站起來。

賈蘭進來，笑容可掬的給寶玉、寶釵請了安，問了襲人的好。襲人也問了好。便把書子呈給寶玉瞧。寶玉接在手中看了，便道：「你三姑姑回來了？」

賈蘭道：「爺爺既如此寫，自然是回來的了。」寶玉點頭不語，默默如有所思。

賈蘭便問：「叔叔看見爺爺後頭寫的，叫咱們好生念書了？叔叔這一程子只怕總沒作文章罷？」

寶玉笑道：「我也要作幾篇熟一熟手，好去誆這個功名。」

賈蘭道：「叔叔既這樣，就擬幾個題目，我跟著叔叔作作，也好進去混場。別到那時交了白卷子，惹人笑話。不但笑話我，人家連叔叔都要笑話了。」

……寶玉道：「你也不至如此。」

說著，寶釵命賈蘭坐下。寶玉仍坐在原處，賈蘭側身坐了。兩個談了一回文，不覺喜動顏色。寶釵見他爺兒兩個談得高興，便仍進屋裡去了。心中細想：「寶玉此時光景，或者醒悟過來了，只是剛才說話，他把那『從此而止』四字單單的許可，這又不知是什麼意思了。」

寶釵尚自猶豫。惟有襲人看他愛講文章，提到下場，更又欣然，心裡想道：「阿彌陀佛！好容易講《四書》似的才講過來了。」這裡寶玉和賈蘭講文，鶯兒沏過茶來。賈蘭站起來接了，又說了一會子下場的規矩，並請甄寶玉在一處的話，寶玉也甚似願意。一時，賈蘭回去，便將書子留給寶玉了。

……那寶玉拿著書子，笑嘻嘻走進來，遞給麝月收了，便出來將那本《莊子》收了，把幾部向來最得意的，如《參同契》、《元命苞》、《五燈會元》之類，叫出麝月、秋紋、鶯兒等都搬了擱在一邊。

寶釵見他這番舉動，甚為罕異，因欲試探他，便笑問道：「不看他倒是正經，但又何必搬開呢？」

寶玉道：「如今才明白過來了，這些書都算不得什麼。我還要一火焚之，方為乾淨。」寶釵聽了，更欣喜異常。

只聽寶玉口中微吟道：「內典語中無佛性，金丹法外有仙舟。」

寶釵也沒很聽真，只聽得「無佛性」、「有仙舟」幾個字，心中轉又狐疑，且看他作何光景。

寶玉便命麝月、秋紋等收拾一間靜室，把那些語錄、名稿及應制詩之類，都找出來，擱在靜室中，自己卻當真靜靜的用起功來。寶釵這才放了心。

……那襲人此時真是聞所未聞，見所未見，便悄悄的笑著向寶釵道：「到底奶奶說話透徹，只一路講究，就把二爺勸明白了。就只可惜遲了一點兒，臨場太近了。」

寶釵點頭微笑道：「功名自有定數，中與不中倒也不在用功的遲早。但願他從此一心巴結正路，把從前那些邪魔永不沾染就是好了。」

說到這裡，見房裡無人，便悄說道：「這一番悔悟過來，固然很好，但只一件，怕又犯了前頭的舊病，和女孩兒們打起交道來，也是不好。」

……襲人道：「奶奶說的也是。二爺自從信了和尚，才把這些姊妹冷淡了；如今不信和尚，真怕又要犯了前頭的舊病呢。

「我想，奶奶和我，二爺原不大理會，紫鵑去了，如今只她們四個，這裡頭就是五兒有些個狐媚子，聽見說她媽求了大奶奶和奶奶，說要討出去給人家兒呢，但是這兩天到底在這裡呢。

「麝月、秋紋雖沒別的，只是二爺那幾年也都有些頑頑皮皮的。如今算來，只有鶯兒二爺倒不大理會，況且鶯兒也穩重。我想倒茶弄水，只叫鶯兒帶著小丫頭們服侍就夠了，不知奶奶心裡怎麼樣？」

寶釵道：「我也慮的是這些，你說的倒也罷了。」從此便派鶯兒帶著小丫頭服侍。

……那寶玉卻也不出房門，天天只差人去給王夫人請安。王夫人聽見他這番光景，那一種欣慰之情，更不待言了。

到了八月初三這一日，正是賈母的冥壽。寶玉早晨過來，磕了頭，便回去，仍到靜室中去了。

飯後，寶釵、襲人等都和姊妹們跟著邢、王二夫人在前面屋裡說閒話兒。寶玉自在靜室冥心危坐。忽見鶯兒端了一盤瓜果進來，說：「太太叫人送來給二爺吃的，這是老太太的克什[3]。」

寶玉站起來答應了，復又坐下，便道：「擱在那裡罷。」

……鶯兒一面放下瓜果，一面悄悄向寶玉道：「太太那裡誇二爺呢。」寶玉微笑。

鶯兒又道：「太太說了，二爺這一用功，明兒進場中了出來，明年再中了進士，作了官，老爺、太太可就不枉了盼二爺

3.克什——指供品。

了。」寶玉也只點頭微笑。

鶯兒忽然想起那年給寶玉打絡子的時候寶玉說的話來，便道：

「真要二爺中了，那可是我們姑奶奶的造化了。二爺還記得那一年在園子裡，不是二爺叫我打梅花絡子時說的，我們姑奶奶後來帶著我不知到那一個有造化的人家兒去呢。如今二爺可是有造化的罷咧！」

寶玉聽到這裡，又覺塵心一動，連忙斂神定息，微微的笑道：

「據妳說來，我是有造化的，妳們姑娘也是有造化的，妳呢？」

鶯兒把臉飛紅了，勉強道：「我們不過當丫頭一輩子罷咧，有什麼造化呢！」

寶玉笑道：「果然能夠一輩子是丫頭，妳這個造化比我們還大呢！」

……鶯兒聽見這話，似乎又是瘋話了，恐怕自己招出寶玉的病根來，打算著要走。只見寶玉笑著說道：「傻丫頭，我告訴妳罷。」未知寶玉又說出什麼話來，且聽下回分解。

◎第一一九回◎

中鄉魁寶玉卻塵緣　沐皇恩賈家延世澤

…話說鶯兒見寶玉說話摸不著頭腦，正自要走，只聽寶玉又說道：「傻丫頭，我告訴妳罷。妳姑娘既是有造化的，妳跟著她，自然也是有造化的了。妳襲人姐姐是靠不住的。只要往後妳盡心服侍她就是了。日後或有好處，也不枉妳跟著她熬了一場。」

鶯兒聽了前頭像話，後頭說的又有些不像了，便道：「我知道了。姑娘還等我呢。二爺要吃果子時，打發小丫頭叫我就是了。」寶玉點頭，鶯兒才去了。一時寶釵、襲人回來，各自房中去了。不提。

…且說過了幾天，便是場期。別人只知盼

望他爺兒兩個作了好文章，便可以高中的了，只有寶釵見寶玉的功課雖好，只是那有意無意之間，卻別有一種冷靜的光景。

知他要進場了，頭一件，叔姪兩個都是初次赴考，恐人馬擁擠，有什麼失閃；第二件，寶玉自和尚去後，總不出門，雖然見他用功喜歡，只是改的太速太好了，反倒有些信不及，只怕又有什麼變故。

所以進場的頭一天，一面派了襲人帶了小丫頭們同著素雲等給他爺兒兩個收拾妥當，自己又都過了目，好好的擱起，預備著；一面過來同李紈回了王夫人，揀家裡的老成管事的多派了幾個，只說怕人馬擁擠碰了。

……次日，寶玉、賈蘭換了半新不舊的衣服，欣然過來見了王夫人。王夫人囑咐道：「你們爺兒兩個都是初次下場，但是你們活了這麼大，並不曾離開我一天。就是不在我眼前，也是丫鬟媳婦們圍著，何曾自己孤身睡過一夜。「今日各自進去，孤孤淒淒，舉目無親，須要自己保重。早些作完了文章出來，找著家人早些回來，也叫你母親、媳婦們放心。」王夫人說著，不免傷心起來。賈蘭聽一句答應一句。

……只見寶玉一聲不哼，待王夫人說完了，走過來給王夫人跪下，滿眼流淚，磕了三個頭，說道：「母親生我一世，我也無可答報。只有這一入場，用心作了文章，好好的中個舉人出來，那時太太喜歡喜歡，便是兒子一輩的事也完了，一輩子的不好也都遮過去了。」

王夫人聽了，更覺傷心起來，便道：「你有這個心，自然是好的，可惜你老太太不能見你的面了。」一面說，一面拉他起來。那寶玉只管跪著，不肯起來，便說道：「老太太見與不見，總是知道的，喜歡的；既能知道了，喜歡了，便不見也和見了的一樣。只不過隔了形質，並非隔了神氣啊。」

李紈見王夫人和他如此，一則怕勾起寶玉的病來，二則也覺得光景不大吉祥，連忙過來說道：「太太，這是大喜的事，為什麼這樣傷心？況且寶兄弟近來很知好歹，很孝順，又肯用功，只要帶了姪兒進去，好好的作文章，早早的回來，寫出來請咱們的世交老先生們看了，等著爺兒兩個都報了喜，就完了。」一面叫人攙起寶玉來。

寶玉卻轉過身來給李紈作了個揖，說：「嫂子放心。我們爺兒兩個都是必中的。日後蘭哥還有大出息，大嫂子還要戴鳳冠穿霞帔呢。」

李紈笑道：「但願應了叔叔的話，也不枉……」說到這裡，恐怕又惹起王夫人的傷心來，連忙咽住了。

寶玉笑道：「只要有了個好兒子，能夠接續祖基，就是大哥哥不能見，也算他的後事完了。」李紈見天氣不早了，也不肯盡著和他說話，只好點點頭兒。

……此時，寶釵聽得早已呆了，這些話，不但寶玉，便是王夫人、李紈所說，句句都是不祥之兆，卻又不敢認真，只得忍淚無言。那寶玉走到跟前，深深的作了一個揖。眾人見他行事古怪，也摸不著是怎麼樣，又不敢笑他。只見寶釵的眼淚直流下來，眾人更是納罕。又聽寶玉說道：「姐姐，我要走了。妳好生跟著太太，聽我的喜信兒罷。」寶釵道：「是時候了，你不必說這些嘮叨話了。」

……寶玉道：「妳倒催的我緊，我自己也知道該走了。」回頭見眾人都在這裡，只沒惜春、紫鵑，便說道：「四妹妹和紫鵑姐姐跟前替我說一句罷，橫豎是再見就完了。」眾人見他的話又像有理，又像瘋話。大家只說他從沒出過門，都是太太的一套話招出來的，不如早早催他去了，就完了事了，便說道：「外面有人等你呢，你再鬧就誤了時辰了。」

……寶玉仰面大笑道：「走了，走了！不用胡鬧了，完了事了！」眾人也都笑道：「快走罷。」獨有王夫人和寶釵娘兒兩個倒像生離死別的一般，那眼淚也不知從那裡來的，直流下來，幾乎失聲哭出。但見寶玉嘻天哈地，大有瘋傻之狀，遂從此出門走了。正是：

走來名利無雙地，打出樊籠第一關。

……不言寶玉、賈蘭出門赴考，且說賈環見他們考去，自己又氣又恨，便自大為王，說：「我可要給母親報仇了。家裡一個男人沒有，上頭大太太依了我，還怕誰！」想定了主意，跑到邢夫人那邊請了安，說了些奉承的話。

那邢夫人自然喜歡，便說道：「你這才是明理的孩子呢。像那巧姐兒的事，原該我做主的，你璉二哥糊塗，放著親奶奶倒托別人去。」

賈環道：「人家那頭兒也說了，只認得這一門子，現在定了，還要備一分大禮來送太太呢。如今太太有了這樣的藩王孫女婿兒，還怕大老爺沒大官做麼？不是我說自己的太太，她們有了元妃姐姐，便欺壓的人難受。將來巧姐兒別也是這樣沒良心，等我去問問她。」

邢夫人道：「你也該告訴她，她才知道你的好處。只怕她父親在家也找不出這麼門子好親事來。但只平兒那個糊塗東西，她倒說這件事不好，說是你太太也不願意。想來恐怕我們得了意。若遲了，你二哥回來，又聽人家的話，就辦不成了。」

……賈環道：「那邊都定了，只等太太出了八字。王府的規矩，三天就要來娶的。但是一件，只怕太太不願意，那邊說是不該娶犯官的孫女，只好悄悄的抬了去，等大老爺免了罪，做了官，再大家熱鬧起來。」

邢夫人道：「這有什麼不願意，也是禮上應該的。」

賈環道：「既這麼著，這帖子太太出了就是了。」

邢夫人道：「這孩子又糊塗了。裡頭都是女人，你叫芸哥兒寫了一個就是了。」

賈環聽說，喜歡的了不得，連忙答應了出來，趕著和賈芸說了，邀著王仁到那外藩公館立文書，兌銀子去了。

…那知剛才所說的話，早被跟邢夫人的丫頭聽見。那丫頭是求了平兒才挑上的，便抽空兒趕到平兒那裡，一五一十的都告訴了。平兒早知此事不好，已和巧姐細細的說明。巧姐哭了一夜，必要等她父親回來作主，大太太的話不能遵。今兒又聽見這話，便大哭起來，要和太太講去。

平兒急忙攔住道：「姑娘且慢著。大太太是你的親祖母，她說二爺不在家，大太太做得主的，況且還有舅舅做保山。他們都是一氣，姑娘一個人，那裡說得過呢？我到底是下人，說不上話去。如今只可想法兒，斷不可冒失的。」

邢夫人那邊的丫頭道：「妳們快快的想主意，不然，可就要抬走了。」說著，各自去了。

…平兒回過頭來，見巧姐哭作一團，連忙扶著道：「姑娘，哭是不中用的，如今是二爺夠不著，聽見他們的話頭——」這句話還沒說完，只見邢夫人那邊打發人來告訴：「姑娘大喜的事來了。叫平兒將姑娘所有應用的東西料理出來。若是陪送呢，原說明了等二爺回來再辦。」平兒只得答應了。

…回來又見王夫人過來，巧姐兒一把抱住，哭得倒在懷裡。王夫人也哭道：「妞兒不用著急，我為妳吃了大太太好些話，看來是扭不過來的。我們只好應著緩下去，即刻差個家人趕到妳父親那裡去告訴。」

平兒道：「太太還不知道麼？早起三爺在大太太跟前說了，什麼外藩規矩，三日就要過去的。如今大太太已叫芸哥兒寫了名字年庚去了，還等得二爺麼？」

…王夫人聽說是「三爺」，便氣得說不出話來，呆了半天，一疊聲叫人找賈環。找了半日，人回：「今早同薔哥兒、王舅爺出去了。」

王夫人問：「芸哥呢？」眾人回說不知道。

巧姐屋內人人瞪眼，一無方法。王夫人也難和邢夫人爭論，只有大家抱頭大哭。

……有個婆子進來，回說：「後門上的人說，那個劉姥姥又來了。」王夫人道：「咱們家遭著這樣事，那有功夫接待人。不拘怎麼回了她去罷。」

平兒道：「太太該叫她進來，她是姐兒的乾媽，也得告訴告訴她。」王夫人不言語。那婆子便帶了劉姥姥進來。各人見了問好。

劉姥姥見眾人的眼圈兒都是紅的，也摸不著頭腦，遲了一會子，便問道：「怎麼了？太太、姑娘們必是想二姑奶奶了。」

巧姐兒聽見提起她母親，越發大哭起來。

平兒道：「姥姥別說閒話。妳既是姑娘的乾媽，也該知道的。」便一五一十的告訴了。把個劉姥姥也唬怔了。

等了半天，忽然笑道：「妳這樣一個伶俐姑娘，沒聽見過鼓兒詞麼？這上頭的方法多著呢。這有什麼難的。」

平兒趕忙問道：「姥姥，妳有什麼法兒？快說罷。」

劉姥姥道：「這有什麼難的呢，一個人也不叫他們知道，扔崩[1]一走，就完了事了。」

平兒道：「這可是混說了。我們這樣人家的人，走到那裡去？」

劉姥姥道：「只怕妳們不走，妳們要走，就到我屯裡去。我就把姑娘藏起來，即刻叫我女婿弄了人，叫姑娘親筆寫個字兒，趕到姑老爺那裡，少不得他就來了。可不好麼？」

……平兒道：「大太太知道呢？」

劉姥姥道：「我來她們知道麼？」

1. 扔崩——形容動作迅速。

平兒道：「大太太住在後頭，她待人刻薄，有什麼信，沒有送給她的。你若前門走來，就知道了；如今是後門來的，不妨事。」

劉姥姥道：「咱們說定了幾時，我叫女婿打了車來接了去。」

平兒道：「這還等得幾時呢，妳坐著罷。」急忙進去，將劉姥姥的話，避了旁人告訴了。王夫人想了半天，不妥當。

⋯⋯平兒道：「只有這樣。為的是太太，才敢說明。太太就裝不知道，回來倒問大太太。我們那裡就有人去，想二爺回來也快。」王夫人不言語，嘆了一口氣。

巧姐兒聽見，便和王夫人道：「只求太太救我，橫豎父親回來，只有感激的。」

平兒道：「不用說了，太太回去罷。回來只要太太派人看屋子。」

王夫人道：「掩密些！妳們兩個人的衣服鋪蓋是要的。」

平兒道：「要快走了才中用呢，若是他們定了，回來就有了饑荒了。」

一句話提醒了王夫人，便道：「是了，妳們快辦去罷，有我呢。」

……於是王夫人回去，倒過去找邢夫人說閒話兒，把邢夫人先絆住了。平兒這裡便遣人料理去了。囑咐道：「倒別避人，有人進來看見，就說是大太太吩咐的，要一輛車子送劉姥姥去。」這裡又買囑了看後門的人雇了車來。

平兒便將巧姐裝做青兒模樣，急急的去了。後來平兒只當送人，眼錯不見，也跨上車去了。

……原來近日賈府後門雖開，只有一兩個人看著，餘外雖有幾個家下人，因房大人少，空落落的，誰能照應。且邢夫人又是個不憐下人的，眾人明知此事不好，又都感念平兒的好處，所以通同一氣，放走了巧姐。邢夫人還自和王夫人說話，那裡理會。

……只有王夫人甚不放心，說了一回話，悄悄的走到寶釵那裡坐下，心裡還是惦記著。寶釵見王夫人神色恍惚，便問：「太太的心裡有什麼事？」王夫人將這事背地裡和寶釵說了。寶釵道：「險得很！如今得快快兒的叫芸哥兒止住那裡才妥當。」王夫人道：「我找不著環兒呢。」寶釵道：「太太總要裝作不知，等我想個人去叫大太太知道才好。」王夫人點頭，一任寶釵想人。暫且不言。

……且說外藩原是要買幾個使喚的女人，據媒人一面之辭，所以派人相看。相看的人回去稟明了藩王。藩王問起人家，眾人不敢隱瞞，只得實說。

那外藩聽了，知是世代勳戚，便說：「了不得！這是有干例禁的，幾乎誤了大事。況我朝覲已過，便要擇日起程，倘有人來再說，快快打發出去！」

這日，恰好賈芸、王仁等遞送年庚，只見府門裡頭的人便說：「奉王爺的命，再敢拿賈府的人來冒充民女者，要拿住究治的。如今太平時候，誰敢這樣大膽！」這一嚷，唬得王仁等抱頭鼠竄的出來，埋怨那說事的人，大家掃興而散。

……賈環在家候信，又聞王夫人傳喚，急得煩躁起來，見賈芸一人回來，趕著問道：「定了麼？」賈芸慌忙跺足道：「了不得，了不得！不知誰露了風了。」還把吃虧的話說了一遍。

賈環氣得發怔，說：「我早起在大太太跟前說的這樣好，如今怎麼樣處呢？這都是你們眾人坑了我了！」正沒主意，聽見裡頭亂嚷，叫著賈環等的名字說：「大太太二太太叫呢！」兩個人只得蹭進去。

……只見王夫人怒容滿面，說：「你們幹的好事！如今逼死了巧姐和平兒了，快快的給我找還屍首來完事！」兩個人跪下。賈環不敢言語。賈芸低頭說道：「孫子不敢幹什麼。為的是邢舅太爺和王舅爺說給巧妹妹作媒，我們才回太太們的。大太太願意，才叫孫子寫帖兒去的。人家還不要呢。怎麼我們逼死了妹妹呢？」

王夫人道：「環兒在大太太那裡說的，三日內便要抬了走。說親作媒，有這樣的麼？我也不問你們，快把巧姐兒還了我們，等老爺回來再說。」

邢夫人如今也是一句話兒說不出了，只有落淚。王夫人便罵賈環說：「趙姨娘這樣混帳的東西，留的種子也是這混帳的！」說著，叫丫頭扶了，回到自己房中。

……那賈環、賈芸、邢夫人三個人互相埋怨，說道：「如今且不用埋怨。想來死是不死的，必是平兒帶了她到那什麼親戚家躲著去了。」

邢夫人叫了前後的門人來罵著，問：「巧姐兒和平兒，知道哪裡去了？」豈知下人一口同音，說是：「大太太不必問我們，問當家的爺們就知道了。在大太太也不用鬧，等我們太太問起來，我們有話說。要打大家打，要發大家都發。」

「自從璉二爺出了門，外頭鬧的還了得！我們的月錢月米是不給了，賭錢喝酒，鬧小旦，還接了外頭的媳婦兒到宅裡來，這不是爺嗎？」說得賈芸等頓口無言。

王夫人那邊又打發人來催說：「叫爺們快找來！」那賈環等急得恨無地縫可鑽，又不敢盤問巧姐那邊的人。明知眾人深恨，是必藏起來了，但是這句話怎敢在王夫人面前說，只得各處親戚家打聽，毫無蹤跡。裡頭一個邢夫人，外頭環兒等，這幾天鬧的晝夜不寧。

※……※……※

…看看到了出場日期，王夫人只盼著寶玉、賈蘭回來。等到晌午，不見回來，王夫人、李紈、寶釵著忙，打發人去到下處打聽。去了一起，又無消息，連去的人也不來了。回來又打發一起人去，又不見回來。三個人心裡如熱油熬煎。

…等到傍晚，有人進來，見是賈蘭。眾人喜歡，問道：「寶二叔呢？」

賈蘭也不及請安，便哭道：「二叔丟了。」

王夫人聽了這話便怔了，半天也不言語，便直挺挺的躺倒床上。虧得彩雲等在後面扶著，下死的叫醒轉來，哭著。

見寶釵也是白瞪兩眼，襲人等已哭得淚人一般，只有哭著罵賈蘭道：「糊塗東西！你同二叔在一處，怎麼他就丟了？」

……賈蘭道：「我和二叔在下處，是一處吃一處睡。進了場，相離也不遠，刻刻在一處的。今兒一早，二叔的卷子早完了，還等我呢。我們兩個人一起去交了卷子，一同出來，在龍門口[2]一擠，回頭就不見了。

「我們家接場的人都問我，李貴還說看見的，相離不過數步，怎麼一擠就不見了。現叫李貴等分頭的找去。我也帶了人，各處號裡都找遍了，沒有，我所以這時候才回來。」

2. 龍門口——這裡指科舉考試的門口。

……王夫人是哭的一句話也說不出來，寶釵心裡已知八九，襲人痛哭不已。賈薔等不等吩咐，也是分頭而去。可憐榮府的人，個個死多活少，空備了接場的酒飯。賈蘭也忘卻了辛苦，還要自己找去。倒是王夫人攔住道：「我的兒，你叔叔丟了，還禁得再丟了你麼？好孩子，你歇歇去罷。」賈蘭那裡肯走，尤氏等苦勸不止。

……眾人中只有惜春心裡卻明白了，只不好說出來，便問寶釵道：「二哥哥帶了玉去了沒有？」寶釵道：「這是隨身的東西，怎麼不帶？」惜春聽了，便不言語。

襲人想起那日搶玉的事來，也是料著那和尚作怪，柔腸幾斷，珠淚交流，嗚嗚咽咽哭個不住。追想當年寶玉相待的情分，有時慪他，他便惱了，也有一種令人回心的好處，那溫存體貼，是不用說了。若慪急了他，便賭誓說做和尚。那知道今日卻應了這句話。

……看看那天，已覺是四更天氣，並沒有個信兒。李紈又怕王夫人苦壞了，極力的勸著回房。眾人都跟著伺候。只有邢夫人回去。賈環躲著不敢出來。王夫人叫賈蘭去了，一夜無眠。

……次日天明，雖有家人回來，都說沒有一處不尋到，實在沒有影兒。於是薛姨媽、薛蝌、史湘雲、寶琴、李嬸等接二連三的過來請安問信。如此一連數日，王夫人哭得飲食不進，命在垂危。

……忽有家人回道：「海疆來了一人，口稱統制大人那裡來的，說我們家的三姑奶奶明日到京了。」王夫人聽說探春回京，雖不能解寶玉之愁，那個心略放了些。

到了明日，果然探春回來。眾人遠遠接著，見探春出挑得比先前更好了，服采鮮明。見了王夫人形容枯槁，眾人眼腫腮紅，便也大哭起來，哭了一會，然後行禮。看見惜春道姑打扮，心裡很不舒服。又聽見寶玉心迷走失，家中多少不順的事，大家又哭起來。

還虧得探春能言，見解亦高，把話來慢慢兒的勸解了好些時，王夫人等略覺好些。再明兒，三姑爺也來了。知有這樣的事，探春住下勸解。跟探春的丫頭、老婆也與眾姊妹們相聚，各訴別後的事。從此上上下下的人，竟是無晝無夜，專等寶玉的信。

……那一夜，五更多天，外頭幾個家人進來，到二門口報喜。幾個小丫頭亂跑進來，也不及告訴大丫頭了，進了屋子，便說：「太太、奶奶們大喜！」

王夫人打量寶玉找著了，便喜歡的站起身來說：「在哪裡找著的？快叫他進來！」

那人道：「中了第七名舉人。」

王夫人道：「寶玉呢？」家人不言語。王夫人仍舊坐下。

探春便問：「第七名中的是誰？」家人回說：「是寶二爺。」

……正說著，外頭又嚷道：「蘭哥兒中了！」那家人趕忙出去，接了報單回稟，見賈蘭中了一百三十名。李紈心下喜歡，因王夫人不見了寶玉，不敢喜形於色。

王夫人見賈蘭中了，心下也是喜歡，只想：「若是寶玉一回來，咱們這些人不知怎樣樂呢！」獨有寶釵心下悲苦，又不好掉淚。

眾人道喜，說是「寶玉既有中的命，自然再不會丟的。況天下那有迷失了的舉人！」王夫人等想來不錯，略有笑容。眾人便趁勢勸王夫人等多進了些飲食。

……只見三門外頭茗煙亂嚷說：「我們二爺中了舉人，是丟不了的了！」

眾人問道：「怎見得呢？」

茗煙道：「『一舉成名天下聞』，如今二爺走到哪裡，哪裡就知道的，誰敢不送來！」

裡頭的眾人都說：「這小子雖是沒規矩，這句話是不錯的。」

……惜春道：「這樣大人了，那裡有走失的？只怕他勘破世情，入了空門，這就難找著他了。」這句話又招得王夫人等又大哭起來。

李紈道：「古來成佛作祖成神仙的，果然把爵位富貴都拋了，也多得很。」

王夫人哭道：「他若抛了父母，這就是不孝，怎能成佛作祖？」

探春道：「大凡一個人，不可有奇處。二哥哥生來帶塊玉來，都道是好事，這麼說起來，都是有了這塊玉的不好。若是再有幾天不見，我不是叫太太生氣，就有些原故了，只好譬如沒有生這位哥哥罷了。果然有來頭成了正果，也是太太幾輩子的修積。」

……寶釵聽了不言語。襲人那裡忍得住，心裡一疼，頭上一暈，便栽倒了。王夫人見了可憐，命人扶她回去。賈環見哥哥、姪兒中了，又為巧姐的事大不好意思，只抱怨薔、芸兩個。知道探春回來，此事不肯甘休，又不敢躲開，這幾天竟是如在荊棘之中。

……明日，賈蘭只得先去謝恩，知道甄寶玉也中了，大家序了同年。提起賈寶玉心迷走失，甄寶玉嘆息勸慰。

知貢舉的將考中的卷子奏聞，皇上一一的披閱，看取中的文章，俱是平正通達的。見第七名賈寶玉是金陵籍貫，第一百三十名又是金陵賈蘭，皇上傳旨詢問：「兩個姓賈的是金陵人氏，是否賈妃一族？」

大臣領命出來，傳賈寶玉、賈蘭問話。賈蘭將寶玉場後迷失的話，並將三代陳明，大臣代為轉奏。

皇上最是聖明仁德，想起賈氏功勛，命大臣查復，大臣便細細的奏明。皇上甚是憫恤，命有司將賈赦犯罪情由查案呈奏。

皇上又看到《海疆靖寇班師善後事宜》一本，奏的是海宴河清，萬民樂業的事。皇上聖心大悅，命九卿敍功議賞，並大赦天下。

……賈蘭等朝臣散後，拜了座師[3]，並聽見朝內有大赦的信，便

3. 座師——科舉制度中，考中了的舉子稱主考官為「座師」。

回了王夫人等。合家略有喜色，只盼寶玉回來。薛姨媽更加喜歡，便要打算贖罪。

……一日，人報甄老爺同三姑爺來道喜，王夫人便命賈蘭出去接待。不多一時，賈蘭進來，笑嘻嘻的回王夫人道：「太太們大喜了！甄老伯在朝內聽見有旨意，說是大老爺的罪名免了；珍大爺不但免了罪，仍襲了寧國三等世職。榮國世職，仍是老爺襲了，俟丁憂服滿，仍陞工部郎中。所抄家產，全行賞還。

「二叔的文章，皇上看了甚喜，問知是元妃兄弟，北靜王還奏說人品亦好，皇上傳旨召見。眾大臣奏稱，據伊姪賈蘭回稱出場時迷失，現在各處尋訪。皇上降旨，著五營[4]各衙門用心尋訪。這旨意一下，請太太們放心，皇上這樣聖恩，再沒有找不著了。」王夫人等這才大家稱賀，喜歡起來。只有賈

4. **五營**——清代京城最高治安機構。

環等心下著急，四處找尋巧姐。

……那知巧姐隨了劉姥姥，帶著平兒出了城，到了莊上，劉姥姥也不敢輕褻巧姐，便打掃上房，讓給巧姐、平兒住下。每日供給，雖是鄉村風味，倒也潔淨。又有青兒陪著，暫且寬心。那莊上也有幾家富戶，知道劉姥姥家來了賈府姑娘，誰不來瞧，都道是天上神仙。也有送菜果的，也有送野味的，倒也熱鬧。

內中有個極富的人家，姓周，家財巨萬，良田千頃；只有一子，生得文雅清秀，年紀十四歲，他父母延師讀書，新近科試，中了秀才。那日他母親看見了巧姐，心裡羨慕，自想：「我是莊稼人家，那能配得起這樣世家小姐？」呆呆的想著。劉姥姥知她心事，拉著她說：「妳的心事我知道了，我給你們做個媒罷。」

周媽媽笑道：「妳別哄我，他們什麼人家，肯給我們莊稼人麼？」

劉姥姥道：「說著瞧罷。」於是兩人各自走開。

……劉姥姥惦記著賈府，叫板兒進城打聽。那日恰好到寧榮街，只見有好些車轎在那裡。板兒便在鄰近打聽。說是：「寧榮兩府復了官，賞還抄的家產，如今府裡又要起來了。只是他們的寶玉中了官，不知走到那裡去了。」

板兒心裡喜歡，便要回去，又見好幾匹馬到來，在門前下馬。只見門上打千兒請安，說：「二爺回來了，大喜！大老爺身上安了麼？」

那位爺笑著道：「好了，又遇恩旨，就要回來了。」

還問：「那些人做什麼的？」

門上回說：「是皇上派官在這裡下旨意，叫人領家產。」那位爺便喜歡進去。

板兒便知是賈璉了。也不用打聽，趕忙回去告訴了他外祖母。劉姥姥聽說，喜的眉開眼笑，去和巧姐兒賀喜，將板兒的話說了一遍。平兒笑說道：「可不是，虧得姥姥這樣一辦，不然，姑娘也摸不著那好時候。」巧姐更自歡喜。

……正說著，那送賈璉信的人也回來了，說是：「姑老爺感激得很，叫我一到家，快把姑娘送回去。又賞了我好幾兩銀子。」劉姥姥聽了得意，便叫人趕了兩輛車，請巧姐、平兒上車。巧姐等在劉姥姥家住熟了，反是依依不捨，更有青兒哭著，恨不能留下。劉姥姥知她不忍相別，便叫青兒跟了進城，一徑直奔榮府而來。

……且說賈璉先前知道賈赦病重，趕到配所[5]，父子相見，痛哭

5. **配所**——古代罪犯被流放的地方。

了一場，漸漸的好起來。賈璉接著家書，知道家中的事，稟明賈赦回來，走到中途，聽得大赦，又趕了兩天，今日到家，恰遇頒賞恩旨。

裡面邢夫人等正愁無人接旨，雖有賈蘭，終是年輕。人報璉二爺回來，大家相見，悲喜交集。此時也不及敍話，即到前廳叩見了。欽命大人問了他父親好，說：「明日到內府領賞。寧國府第，發交居住。」眾人起身辭別。

賈璉送出門去，見有幾輛屯車，家人們不許停歇，正在吵鬧。賈璉早知道是巧姐來的車，便罵家人道：「你們這班糊塗忘八崽子[6]！我不在家，就欺心害主，將巧姐兒都逼走了。如今人家送來，還要攔阻，必是你們和我有什麼仇麼！」眾家人原怕賈璉回來不依，想來少時才破，豈知賈璉說得更明，心下不懂，只得站著回道：「二爺出門，奴才們有病的，有告假的，都是三爺、薔大爺、芸大爺作主，不與奴才

6. 忘八崽子——烏龜崽子，小烏龜，用於罵人。

們相干。」

賈璉道：「什麼混帳東西！我完了事，再和你們說。快把車趕進來！」

……賈璉進去，見邢夫人也不言語，轉身到了王夫人那裡，跪下磕了個頭，回道：「姐兒回來了，全虧太太！環兄弟太太也不用說他了。只是芸兒這東西，他上回看家，就鬧亂兒；如今我去了幾個月，便鬧到這樣。回太太的話，這種人攆了他不往來也使得。」

王夫人道：「你大舅子為什麼也是這樣？」

賈璉道：「太太不用說，我自有道理。」

……正說著，彩雲等回道：「巧姐兒進來了。」見了王夫人，雖然別不多時，想起這樣逃難的景況，不免落下淚來。巧姐兒也便大哭。

賈璉謝了劉姥姥。王夫人便拉她坐下，說起那日的話來。賈璉見平兒，外面不好說別的，心裡感激，眼中流淚。

自此賈璉心裡愈敬平兒，打算等賈赦等回來，要扶平兒為正。此是後話，暫且不提。

……邢夫人正恐賈璉不見了巧姐，必有一番的周折，又聽見賈璉在王夫人那裡，心下更是著急，便叫丫頭去打聽。回來說是巧姐兒同著劉姥姥在那裡說話，邢夫人才如夢初覺，知他們的鬼，還抱怨著王夫人：「調唆我母子不和，到底是那個送信給平兒的？」

……正問著，只見巧姐同著劉姥姥，帶了平兒，王夫人在後頭跟著進來，先把頭裡的話都說在賈芸、王仁身上，說：「大太太原是聽見人說，為的是好事，那裡知道外頭的鬼。」邢夫人聽了，自覺羞慚。想起王夫人主意不差，心裡也服。於是邢、王夫人彼此心下相安。

……平兒回了王夫人，帶了巧姐到寶釵那裡來請安，各自提各自的苦處。又說到：「皇上隆恩，咱們家該興旺起來了。想來寶二爺必回來的。」

正說到這話，只見秋紋急忙來說：「襲人不好了！」不知何事，且聽下回分解。

◎第一二〇回◎

甄士隱詳說太虛情
賈雨村歸結紅樓夢

話說寶釵聽秋紋說襲人不好，連忙進去瞧看。巧姐兒同平兒也隨著走到襲人炕前，只見襲人心痛難禁，一時氣厥。寶釵等用開水灌了過來，仍舊扶她睡下，一面傳請大夫。

巧姐兒問寶釵道：「襲人姐姐怎麼病到這個樣？」

寶釵道：「大前兒晚上，哭傷了心了，一時發暈栽倒了。太太叫人扶她回來，她就睡倒了。因外頭有事，沒有請大夫瞧她，所以致此。」說著，大夫來了，寶釵等略避。大夫看了脈，說是急怒所致，開了方子去了。

…原來襲人模糊聽見說，寶玉若不回來，便要打發屋裡的人都出去，一急，越發不好了。到大夫瞧後，秋紋給她煎藥，她各自一人躺著，神魂未定，好像寶玉在她面前，恍惚又像是個和尚，手裡拿著一本冊子揭著看，還說道：「妳別錯了主意，我是不認得妳們的了。」

襲人似要和他說話，秋紋走來說：「藥好了，姐姐吃罷。」

…襲人睜眼一瞧，知是個夢，也不告訴人。吃了藥，便自己細細的想：「寶玉必是跟了和尚去。上回他要拿玉出去，便是要脫身的樣子，被我揪住，看他竟不像往常，把我混推混揉的，一點情意都沒有。後來待二奶奶更生厭煩。在別的姊妹跟前，也是沒有一點情意。這就是悟道的樣子。

「但是你悟了道，拋了二奶奶怎麼好！我是太太派我服侍你，雖是月錢照著那樣的分例，其實我究竟沒有在老爺、太太跟前回明，就算了你的屋裡人。若是老爺、太太打發我出去，我若死守著，又叫人笑話，若是我出去，心想寶玉待我的情分，實在不忍。」左思右想，實在難處。想到剛才的夢，好像和我無緣的話，倒不如死了乾淨。豈知吃藥以後，心痛減了好些，也難躺著，只好勉強支持。過了幾日，起來服侍寶釵。寶釵想念寶玉，暗中垂淚，自嘆命苦。又知她母親打算給哥哥贖罪，很費張羅，不能不幫著打算。暫且不表。

※……※……※

且說賈政扶賈母靈柩，賈蓉送了秦氏、鳳姐、鴛鴦的棺木到了金陵，先安了葬。賈蓉自送黛玉的靈，也去安葬。賈政料理墳基的事。

一日，接到家書，一行一行的看到寶玉賈蘭得中，心裡自是喜歡；後來看到寶玉走失，復又煩惱，只得趕忙回來。在道兒上又聞得有恩赦的旨意，又接家書，果然赦罪復職，更是喜歡，便日夜趲行[1]。

……一日，行到毘陵驛[2]地方，那天乍寒下雪，泊在一個清靜去處。賈政打發眾人上岸投帖，辭謝朋友，總說即刻開船，都不敢勞動。船中只留一個小廝伺候，自己在船中寫家書，先要打發人起早到家。

寫到寶玉的事，便停筆。抬頭忽見船頭上微微的雪影裡面一個人，光著頭，赤著腳，身上披著一領大紅猩猩氈的斗篷，向賈政倒身下拜。賈政尚未認清，急忙出船，欲待扶住問他是誰。那人已拜了四拜，站起來打了個問訊[3]。賈政才要還揖，迎面一看，不是別人，卻是寶玉。

1. 趲行——趕路，快行。

2. 毘（音皮）陵驛——毗陵驛設於明朝正德十四年（一五一九年），位於篦箕巷內，是專供傳遞公文的差役和官員途徑本地時停船休息或換馬住宿的。到了清代乾隆年間，毘陵驛也被稱為皇華館。

3. 打了個問訊——謂僧尼向人合掌致敬。

…賈政吃一大驚，忙問道：「可是寶玉麼？」那人只不言語，似喜似悲。賈政又問道：「你若是寶玉，如何這樣打扮，跑到這裡？」

寶玉未及回言，只見舡[4]頭上來了兩人，一僧一道，夾住寶玉說道：「俗緣已畢，還不快走！」說著，三個人飄然登岸而去。賈政不顧地滑，疾忙來趕。見那三人在前，那裡趕得上。只聽見他們三人口中不知是那個作歌曰：

我所居兮，青埂之峰。我所遊兮，鴻蒙太空。
誰與我遊兮，吾誰與從？渺渺茫茫兮，歸彼大荒。

賈政一面聽著，一面趕去，轉過一小坡，倏然不見。賈政已趕得心虛氣喘，驚疑不定，回過頭來，見自己的小廝也是隨後趕來。

賈政問道：「你看見方才那三個人麼？」

4. 舡（音船）——船，俗作舡。

小廝道：「看見的。奴才為老爺追趕，故也趕來。後來只見老爺，不見那三個人了。」賈政還欲前走，只見白茫茫一片曠野，並無一人。賈政知是古怪，只得回來。

……眾家人回舡，見賈政不在艙中，問了舡夫，說是：「老爺上岸追趕兩個和尚一個道士去了。」眾人也從雪地裡尋蹤迎去，遠遠見賈政來了，迎上去接著，一同回船。

……賈政坐下，喘息方定，將見寶玉的話說了一遍。眾人回稟，便要在這地方尋覓。

賈政嘆道：「你們不知道，這是我親眼見的，並非鬼怪。況聽得歌聲，大有玄妙。那寶玉生下時，銜了玉來，便也古怪，我早知不祥之兆，為的是老太太疼愛，所以養育到今。

「便是那和尚道士，我也見了三次：頭一次，是那僧道來說玉的好處；第二次，便是寶玉病重，他來了，將那玉持誦了一番，寶玉便好了；第三次，送那玉來，坐在前廳，我一轉眼就不見了。

「我心裡便有些詫異，只道寶玉果真有造化，高僧仙道來護佑他的。豈知寶玉是下凡歷劫的，竟哄了老太太十九年！如今叫我才明白。」說到那裡，掉下淚來。

……眾人道：「寶二爺果然是下凡的和尚，就不該中舉人了。怎麼中了才去？」

賈政道：「你們那裡知道，大凡天上星宿，山中老僧，洞裡的精靈，他自具一種性情。你看寶玉何嘗肯念書，他若略一經心，無有不能的。他那一種脾氣，也是各別另樣。」說著，又嘆了幾聲。眾人便拿「蘭哥得中，家道復興」的話解了一番。

……賈政仍舊寫家書，便把這事寫上，勸諭合家不必想念了。寫完封好，即著家人回去。賈政隨後趕回。暫且不提。

※……※……※

……且說薛姨媽得了赦罪的信，便命薛蝌去各處借貸，並自己湊齊了贖罪銀兩。刑部准了，收兌了銀子，一角文書將薛蟠放出。他們母子姊妹弟兄見面，不必細述，自然是悲喜交集了。薛蟠自己立誓說道：「若是再犯前病，必定犯殺犯剮！」

……薛姨媽見他這樣，便要握他嘴，說：「只要自己拿定主意，必定還要妄口巴舌[5]血淋淋的起這樣惡誓麼！只香菱跟了你，受了多少的苦處！你媳婦已經自己治死自己了。如今雖說窮了，這碗飯還有得吃，據我的主意，我便算她是媳婦

5. 妄口巴舌——亦作「妄口拔舌」。謂肆意胡說。

了。你心裡怎麼樣？」薛蟠點頭願意。

寶釵等也說：「很該這樣。」倒把香菱急得臉脹通紅，說是：「服侍大爺一樣的，何必如此。」眾人便稱起大奶奶來，無人不服。

……薛蟠便要去拜謝賈家。薛姨媽、寶釵也都過來。見了眾人，彼此聚首，又說了一番的話。正說著，恰好那日賈政的家人回家，呈上書子，說：「老爺不日到了。」王夫人叫賈蘭將書子念給聽。賈蘭念到賈政親見寶玉的一段，眾人聽了，都痛哭起來，王夫人、寶釵、襲人等更甚。

……大家又將賈政書內叫家內「不必悲傷，原是借胎」的話解說了一番：「與其作了官，倘或命運不好，犯了事，壞家敗產，那時倒不好了，寧可咱們家出一位佛爺，倒是老爺、太太的積德，所以才投到咱們家來。不是說句不顧前後的話，當初東府裡太爺，倒是修煉了十幾年，也沒有成了仙，這佛是更難成的。太太這麼一想，心裡便開豁了。」

……王夫人哭著和薛姨媽道：「寶玉拋了我，我還恨他呢。我嘆的是媳婦的命苦，才成了一二年的親，怎麼他就硬著腸子都撂下了走了呢！」薛姨媽聽了，也甚傷心。寶釵哭得人事不知。

……所有爺們都在外頭，王夫人便說道：「我為他擔了一輩子的驚，剛剛兒的娶了親，中了舉人，又知道媳婦作了胎，我才喜歡些，不想弄到這樣結局！早知這樣，就不該娶親，害了人家的姑娘。」

薛姨媽道：「這是自己一定的。咱們這樣人家，還有什麼別的說的嗎？幸喜有了胎，將來生個外孫子，必定是有成立的，後來就有了結果了。

「妳看大奶奶，如今蘭哥兒中了舉人，明年成了進士，可不是就做了官了麼？她頭裡的苦也算吃盡的了，如今的甜來，也是應為人的好處。我們姑娘的心腸兒，姐姐是知道的，並不是刻薄輕佻的人，姐姐倒不必躭憂。」

……王夫人被薛姨媽一番言語說得極有理，心想：「寶釵小時候，便是廉靜寡欲，極愛素淡的，所以才有這個事。

「想人生在世，真有一定數的。看著寶釵雖是痛哭，她端莊樣兒一點不走，卻倒來勸我，這是真真難得的！不想寶玉這樣一個人，紅塵中福分，竟沒有一點兒。」想了一回，也覺解了好些。

又想到襲人身上：「若說別的丫頭呢，沒有什麼難處的，大的配了出去，小的服侍二奶奶就是了。獨有襲人，可怎麼處呢？」此時人多，也不好說，且等晚上和薛姨媽商量。

…那日薛姨媽並未回家，因恐寶釵痛哭，所以在寶釵房中解勸。那寶釵卻是極明理，思前想後：「寶玉原是一種奇異的人，夙世[6]前因，自有一定，原無可怨天尤人。」更將大道理的話告訴她母親了。

薛姨媽心裡反倒安了，便到王夫人那裡，先把寶釵的話說了。王夫人點頭嘆道：「若說我無德，不該有這樣好媳婦了。」說著更又傷心起來。

…薛姨媽倒又勸了一會子，因又提起襲人來，說：「我見襲人近來瘦的了不得，她是一心想著寶哥兒。但是正配呢，理應守的，屋裡人願守也是有的。惟有這襲人，雖說是算個屋裡

6.夙世——前世。

人，到底她和寶哥兒並沒有過明路兒的。」

王夫人道：「我才剛想著，正要等妹妹商量商量。若說放她出去，恐怕她不願意，又要尋死覓活的；若要留著她也罷，又恐老爺不依。所以難處。」

薛姨媽道：「我看姨老爺是再不肯叫守著的。再者，姨老爺並不知道襲人的事，想來不過是個丫頭，那有留的理呢。只要姐姐叫她本家的人來，狠狠的吩咐他，叫他配一門正經親事，再多多的陪送她些東西。

「那孩子心腸兒也好，年紀兒又輕，也不枉跟了姐姐會子，也算姐姐待她不薄了。襲人那裡，還得我細細勸她。就是叫她家的人來，也不用告訴她，只等她家裡果然說定了好人家兒，我們還去打聽打聽，若果然足衣足食，女婿長的像個人兒，然後叫她出去。」

王夫人聽了，道：「這個主意很是。不然，叫老爺冒冒失失的一辦，我可不是又害了一個人了麼！」薛姨媽聽了，點頭道：「可不是麼！」又說了幾句，便辭了王夫人，仍到寶釵房中去了。

……看見襲人滿面淚痕，薛姨媽便勸解譬喻了一會。襲人本來老實，不是伶牙利齒的人，薛姨媽說一句，她應一句，回來說道：「我是做下人的人，姨太太瞧得起我，才和我說這些話。我是從不敢違拗太太的。」

薛姨媽聽她的話：「好一個柔順的孩子！」心裡更加喜歡。寶釵又將大義的話說了一遍，大家各自相安。

……過了幾日，賈政回家，眾人迎接。賈政見賈赦、賈珍已都回家，弟兄叔姪相見，大家歷敍別來的景況。然後內眷們見了，不免想起寶玉來，又大家傷了一會子心。

賈政喝住道：「這是一定的道理。如今只要我們在外把持家事，妳們在內相助，斷不可仍是從前這樣的散慢。別房的事，各有各家料理，也不用承總。我們本房的事，裡頭全歸於妳，都要按理而行。」王夫人便將寶釵有孕的話也告訴了，將來丫頭們都放出去。賈政聽了，點頭無語。

……次日，賈政進內，請示大臣們，說是：「蒙恩感激，但未服闋[7]，應該怎麼謝恩之處，望乞大人們指教。」眾朝臣說是代奏請旨。於是聖恩浩蕩，即命陛見。

賈政進內謝了恩。聖上又降了好些旨意，又問起寶玉的事來。賈政據實回奏。聖上稱奇，旨意說，寶玉的文章固是清奇，想他必是過來人，所以如此。若在朝中，可以進用。他既不敢受聖朝的爵位，便賞了一個「文妙真人」的道號。賈政又

7. 服闋——三年守喪期滿除服。

叩頭謝恩而出。

……回到家中，賈璉、賈珍接著，賈政將朝內的話述了一遍，眾人喜歡。賈珍便回說：「寧國府第收拾齊全，回明了要搬過去。櫳翠庵圈在園內，給四妹妹靜養。」賈政並不言語，隔了半日，卻吩咐了一番仰報天恩的話。

……賈璉也趁便回說：「巧姐親事，父親、太太都願意給周家為媳。」賈政昨晚也知巧姐的始末，便說：「大老爺、大太太作主就是了。莫說村居不好，只要人家清白，孩子肯念書，能夠上進。朝裡那些官兒，難道都是城裡的人麼？」

……賈璉答應了「是」，又說：「父親有了年紀，況且又有痰症的根子，靜養幾年，諸事原仗二老爺為主。」

賈政道：「提起村居養靜，甚合我意。只是我受恩深重，尚未酬報耳。」賈政說畢進內。

……賈璉打發請了劉姥姥來，應了這件事。劉姥姥見了王夫人等，便說些將來怎樣升官，怎樣起家，怎樣子孫昌盛。

……正說著，丫頭回道：「花自芳的女人進來請安。」王夫人問幾句話，花自芳的女人將親戚作媒，說的是城南蔣家的，現在有房有地，又有鋪面。姑爺年紀略大了幾歲，並沒有娶過的，況且人物兒長的是百裡挑一的。

王夫人聽了願意，說道：「妳去應了，隔幾日進來，再接妳妹子罷。」王夫人又命人打聽，都說是好。王夫人便告訴了寶釵，仍請了薛姨媽細細的告訴了襲人。

襲人悲傷不已，又不敢違命的，心裡想起寶玉那年到她家去，回來說的死也不回去的話：「如今太太硬作主張。若說我守著，又叫人說我不害臊；若是去了，實不是我的心願」，便哭得咽哽難鳴，又被薛姨媽、寶釵等苦勸，回過念頭想道：「我若是死在這裡，倒把太太的好心弄壞了。我該死在家裡才是。」

……於是，襲人含悲叩辭了眾人，那姊妹分手時，自然更有一番不忍說。襲人懷著必死的心腸上車回去，見了哥哥、嫂子，也是哭泣，但只說不出來。

那花自芳悉把蔣家的聘禮送給她看，又把自己所辦妝奩一一指給她瞧，說：「那是太太賞的，那是置辦的。」

襲人此時更難開口，住了兩天，細想起來：「哥哥辦事不錯，若是死在哥哥家裡，豈不又害了哥哥呢？」千思萬想，左右為難，真是一縷柔腸，幾乎牽斷，只得忍住。

⋯⋯那日，已是迎娶吉期。襲人本不是那一種潑辣人，委委曲曲的上轎而去，心裡另想到那裡再作打算。豈知過了門，見那蔣家辦事，極其認真，全都按著正配的規矩。一進了門，丫頭、僕婦都稱「奶奶」。襲人此時欲要死在這裡，又恐害了人家，辜負了一番好意。

那夜原是哭著不肯俯就的，那姑爺卻極柔情曲意的承順。到了第二天開箱，這姑爺看見一條猩紅汗巾，方知是寶玉的丫頭。原來當初只知是賈母的侍兒，益想不到是襲人。

此時蔣玉菡念著寶玉待他的舊情，倒覺滿心惶愧，更加周旋，又故意將寶玉所換那條松花綠的汗巾拿出來。襲人看了，方知這姓蔣的原來就是蔣玉菡，始信姻緣前定。襲人才將心事說出。蔣玉菡也深為嘆息敬服，不敢勉強，並越發溫柔體貼，弄得個襲人真無死所了。

…看官聽說：雖然事有前定，無可奈何。但孽子孤臣，義夫節婦，這「不得已」三字也不是一概推諉得的。此襲人所以在「又副冊」也。正是前人過那桃花廟的詩上說道：

千古艱難惟一死，傷心豈獨息夫人！

…不言襲人從此又是一番天地。且說那賈雨村犯了婪索的案件，審明定罪，今遇大赦，褫籍為民。雨村因叫家眷先行，自己帶了一個小廝，一車行李，來到急流津覺迷渡口。只見一個道者，從那渡頭草棚裡出來，執手相迎。雨村認得是甄士隱，也連忙打恭。

士隱道：「賈老先生，別來無恙？」

雨村道：「老仙長到底是甄老先生！何前次相逢，覿面[8]不

8. 覿面—相見，見面。

認？後知火焚草亭，下鄙深為惶恐。今日幸得相逢，益嘆老仙翁道德高深。奈鄙人下愚不移，致有今日。」

甄士隱道：「前者老大人高官顯爵，貧道怎敢相認！原因故交，敢贈片言，不意老大人相棄之深。然而富貴窮通，亦非偶然，今日復得相逢，也是一樁奇事。這裡離草庵不遠，暫請膝談，未知可否？」

……雨村欣然領命。兩人攜手而行，小廝驅車隨後，到了一座茅庵。士隱讓進，雨村坐下，小童獻上茶來。雨村便請教仙長超塵的始末。

士隱笑道：「一念之間，塵凡頓易。老先生從繁華境中來，豈不知溫柔富貴鄉中有一寶玉乎？」

雨村道：「怎麼不知！近聞紛紛傳述，說他也遁入空門。下愚[9]當時也曾與他往來過數次，再不想此人竟有如是之決絕。」

9.下愚——謙稱自己是下等的愚人。

…士隱道：「非也。這一段奇緣，我先知之。昔年我與先生在仁清巷舊宅門口敍話之前，我已會過他一面。」

雨村驚訝道：「京城離貴鄉甚遠，何以能見？」

士隱道：「神交久矣。」

雨村道：「既然如此，現今寶玉的下落，仙長定能知之。」

士隱道：「寶玉，即『寶玉』也。那年榮、寧查抄之前，釵、黛分離之日，此玉早已離世。一為避禍，二為撮合，從此夙緣一了，形質歸一。又復稍示神靈，高魁子貴，方顯得此玉那天奇地靈鍛鍊之寶，非凡間可比。前經茫茫大士、渺渺真人攜帶下凡，如今塵緣已滿，仍是此二人攜歸本處，這便是寶玉的下落。」

…雨村聽了，雖不能全然明白，卻也十知四五，便點頭嘆道：「原來如此！下愚不知。但那寶玉既有如此的來歷，又何以情迷至此，復又豁悟如此？還要請教。」

士隱笑道：「此事說來，老先生未必盡解。太虛幻境，即是真如福地。一番閱冊，原始要終之道，歷歷生平，如何不悟？仙草歸真，焉有通靈不復原之理呢？」

……雨村聽著，卻不明白了。知仙機也不便更問，因又說道：「寶玉之事，既得聞命，但是敝族閨秀，如此之多，何元妃以下，算來結局俱屬平常呢？」

士隱嘆息道：「老先生莫怪拙言，貴族之女，俱屬從情天孽海而來。大凡古今女子，那『淫』字固不可犯，只這『情』字也是沾染不得的。所以崔鶯、蘇小，無非仙子塵心，宋玉、相如，大是文人口孽。凡是情思纏綿的，那結果就不可問了。」

……雨村聽到這裡，不覺拈鬚長嘆，因又問道：「請教老仙翁，那榮、寧兩府，尚可如前？」

士隱道：「福善禍淫，古今定理。現今榮、寧兩府，善者修緣，惡者悔禍，將來蘭桂齊芳，家道復初，也是自然的道理。」

…雨村低了半日頭，忽然笑道：「是了，是了！現在他府中有一個名蘭的已中鄉榜，恰好應著『蘭』字。適間老仙翁說『蘭桂齊芳』，又道寶玉『高魁子貴』，莫非他有遺腹之子，可以飛黃騰達的麼？」

士隱微微笑道：「此係後事，未便預說。」雨村還要再問，士隱不答，便命人設俱盤飧，邀雨村共食。

…食畢，雨村還要問自己的終身，士隱便道：「老先生草庵暫歇，我還有一段俗緣未了，正當今日完結。」

雨村驚訝道：「仙長純修若此，不知尚有何俗緣？」

士隱道：「也不過是兒女私情罷了。」

雨村聽了，益發驚異：「請問仙長，何出此言？」

士隱道：「老先生有所不知，小女英蓮，幼遭塵劫，老先生初任之時，曾經判斷。今歸薛姓，產難完劫。遺一子於薛家，以承宗祧[10]。此時正是塵緣脫盡之時，只好接引接引。」士隱說著，拂袖而起。雨村心中恍恍惚惚，就在這急流津覺迷渡口草庵中睡著了。

……這士隱自去度脫了香菱，送到太虛幻境，交那警幻仙子對冊。

剛過牌坊，見那一僧一道縹渺而來，士隱接著說道：「大士、真人，恭喜，賀喜！情緣完結，都交割清楚了麼？」

那僧說：「情緣尚未全結，倒是那蠢物已經回來了。還得把他送還原所，將他的後事敘明，不枉他下世一回。」士隱聽了，

10. 宗祧（音挑）—引申指家族世系。

便拱手而別。

那僧道仍攜了玉到青埂峰下，將「寶玉」安放在女媧煉石補天之處，各自雲遊而去。從此後：天外書傳天外事，兩番人作一番人。

……這一日，空空道人又從青埂峰前經過，見那補天未用之石仍在那裡，上面字跡依然如舊，又從頭的細細看了一遍，見後面偈文後又歷敘了多少收緣結果的話頭，便點頭嘆道：「我從前見石兄這段奇文，原說可以聞世傳奇，所以曾經抄錄，但未見返本還原。不知何時復有此一佳話？方知石兄下凡一次，磨出光明，修成圓覺，也可謂無復遺憾了。

「只怕年深日久，字跡模糊，反有舛錯，不如我再抄錄一番，尋個世上清閒無事的人，托他傳遍，知道奇而不奇，俗而不俗，真而不真，假而不假。或者塵夢勞人，聊倩鳥呼歸去；

山靈好客，更從石化飛來，亦未可知。」

……想畢，便又抄了，仍袖至那繁華昌盛的地方，遍尋了一番，不是建功立業之人，即係餬口謀衣之輩，那有閒情更去和石頭饒舌。直尋到急流津覺迷度口，草庵中睡著一個人，因想他必是閒人，便要將這抄錄的《石頭記》給他看看。那知那人再叫不醒。空空道人復又使勁拉他，才慢慢的開眼坐起，便草草一看，仍舊擲下道：「這事我早已親見盡知。你這抄錄的尚無舛錯。我只指與你一個人，托他傳去，便可歸結這一新鮮公案了。」

空空道人忙問何人，那人道：「你須待某年、某月、某日、某時，到一個悼紅軒中，有個曹雪芹先生，只說賈雨村言，托他如此如此。」說畢，仍舊睡下了。

……那空空道人牢牢記著此言，又不知過了幾世幾劫，果然有個悼紅軒，見那曹雪芹先生正在那裡翻閱歷來的古史。空空道人便將賈雨村言了，方把這《石頭記》示看。

那雪芹先生笑道：「果然是『賈雨村言』了！」

空空道人便問：「先生何以認得此人，便肯替他傳述？」

曹雪芹先生笑道：「說你空，原來你肚裡果然空空。既是假語村言，但無魯魚亥豕[11]以及背謬矛盾之處，樂得與二三同志，酒餘飯飽，雨夕燈窗之下，同消寂寞，又不必大人先生品題傳世。似你這樣尋根問底，便是刻舟求劍、膠柱鼓瑟了。」

……那空空道人聽了，仰天大笑，擲下抄本，飄然而去。一面走著，口中說道：「果然是敷衍荒唐！不但作者不知，抄者不知，並閱者也不知。不過遊戲筆墨，陶情適性而已！」後人

11. 魯魚亥豕——魯和魚、亥和豕篆文形似，以致引起誤寫錯讀。

見了這本奇傳，亦曾題過四句偈語，為作者緣起之言更轉一竿頭云：

說到辛酸處，荒唐愈可悲。
由來同一夢，休笑世人痴！

國家圖書館出版品預行編目(CIP)資料

紅樓夢/孫家琦編輯. 一 第一版.
一 新北市 ： 人人，2015.04
冊 ； 公分. 一(人人文庫)
ISBN 978-986-5903-92-3(卷8：平裝).
857.49 104005348

【人人文庫】

紅樓夢

卷8

第一〇六回至第一二〇回

題字・篆刻／羅時僖
書系編輯／孫家琦
書籍裝幀／楊美智
發行人／周元白
出版者／人人出版股份有限公司
地址／23145新北市新店區寶橋路235巷6弄6號7樓
電話／(02)2918-3366(代表號)
傳真／(02)2914-0000
網址／www.jjp.com.tw
郵政劃撥帳號／16402311人人出版股份有限公司
製版印刷／長城製版印刷股份有限公司
電話／(02)2918-3366(代表號)
經銷商／聯合發行股份有限公司
電話／(02)2917-8022
第一版第一刷／2015年4月
定價／新台幣**200**元

※本書內頁紙張採敦榮紙業進口日本王子58g文庫紙